SV

**Martín Kohan
Zweimal Juni**

Roman

Aus dem Spanischen
von Peter Kultzen

Suhrkamp

Die Originalausgabe erschien 2002 unter dem Titel
Dos veces junio bei Editorial Sudamericana, Buenos Aires.
© Martín Kohan, 2002

Die Übersetzung aus dem Spanischen wurde
mit Mitteln des Auswärtigen Amtes unterstützt
durch die Gesellschaft zur Förderung der Literatur
aus Afrika, Asien und Lateinamerika e. V. (litprom).

© der deutschen Ausgabe Suhrkamp Verlag
Frankfurt am Main 2009
Alle Rechte vorbehalten, insbesondere das
des öffentlichen Vortrags sowie der Übertragung
durch Rundfunk und Fernsehen, auch einzelner Teile.
Kein Teil des Werks darf in irgendeiner Form
(durch Fotografie, Mikrofilm oder andere Verfahren)
ohne schriftliche Genehmigung des Verlages
reproduziert oder unter Verwendung elektronischer Systeme
verarbeitet, vervielfältigt oder verbreitet werden.
Satz: Hümmer GmbH, Waldbüttelbrunn
Druck: Pustet, Regensburg
Printed in Germany
Erste Auflage 2009
ISBN 978-3-518-42078-2

1 2 3 4 5 6 – 14 13 12 11 10 09

Zweimal Juni

»Gardel starb im Juni,
im Juni fielen Bomben auf die Plaza de Mayo.
Für uns, die Bewohner dieses Landes,
ist der Juni ein Unglücksmonat.«
Luis Gusmán

10. 6.

Vierhundertsiebenundneunzig

1

Das Benachrichtigungsheft lag aufgeschlagen auf dem Tisch. Auf den zwei Seiten, die zu sehen waren, stand nur ein Satz. Er lautete: »Ab wieviel Jahren kann man ein Kind folltern?«

2

Zu Recht nahmen wir an, daß alles einzig und allein vom Zufall abhing, schließlich waren Zahlen mit im Spiel. Andererseits bedient sich die Wissenschaft natürlich auch vielfach der Zahlen und stellt mit ihrer Hilfe absolut rationale Berechnungen an. Aber in diesem Fall ging es um eine Lotterie, und dabei standen die Zahlen für nichts anderes als für Glück oder Unglück im Spiel.

3

Neben dem Benachrichtigungsheft lag noch etwas, der Kugelschreiber, mit dem der Satz geschrieben worden war. Ein angeknabberter Kugelschreiber, offensichtlich versuchte da jemand, seine Anspannung loszuwerden, indem er auf dem abstoßenden Stück Plastik herumkaute. Ich nahm den Kugelschreiber, möglichst ohne das zerbissene Ende zu berühren – nicht auszuschließen, daß es noch feucht war. Ich hatte schon damals eine sichere Hand, noch durchs kleinste Nadelöhr fädelte ich ohne

Schwierigkeiten ein. Deshalb gelang es mir auch, aus den zwei zum Glück nah beieinander stehenden l eines zu machen, dem nur bei genauem Hinsehen anzumerken war, daß es das Ergebnis einer geschickten Korrektur darstellte, ein wenig fett vielleicht, aber letztlich doch ein l, wie es sich gehört.

Kaum etwas störte mich so sehr wie Rechtschreibfehler.

4

»Endziffer«, kam es aus dem Radio, »sechshundertvierzig.«

Sechshundertvierzig, das war ich.

»Loszahl«, hieß es weiter, »vierhundertsiebenundneunzig.«

Wir sahen uns an, ohne ein Wort zu sagen. Im Radio wurden weiter Zahlen durchgegeben, aber die gingen uns nichts an. An diesem Morgen hatten wir uns schon um zehn vor sieben vor dem Apparat versammelt, da war es noch dunkel.

»Heer«, sagte mein Vater.

»Ich bringe die Zahlen immer durcheinander«, sagte meine Mutter. »Deine haben sie, glaube ich, gerade genannt. Aber frag mich nicht, welche. Ich glaube, es war keine besonders große Zahl.«

Mein Vater sagte, er sei stolz auf mich. Und wirklich, seine Augen glänzten, als kämen ihm gleich die Tränen.

5

Ich ließ das Heft aufgeschlagen auf dem Tisch liegen. Den Kugelschreiber legte ich wieder daneben. Sonst war nichts auf diesem Tisch, nur noch das Telefon. In dem ganzen Zimmer war nichts außer dem Tisch – dem Tisch mit dem Telefon, dem Heft und dem Kugelschreiber –, dazu zwei Stühle – auf einem davon saß ich –, und schließlich noch ein leerer Papierkorb. Trotzdem hatte ich plötzlich das Gefühl, beobachtet zu werden, aus welchem Grund auch immer. Da war niemand, der mich hätte beobachten können, das wußte ich genau, die Tür war zu, und das einzige Fenster ging unsinnigerweise auf eine schmutzige, stockfleckige Mauer. Ich hatte das Gefühl, beobachtet zu werden, aber es war eben bloß ein Gefühl. An der Wand hing ein Kruzifix, und es kam mir so vor, als sähe Christus mich an. Unter dem Kruzifix hing ein Porträt von San Martín, umkränzt von der Nationalflagge, und es kam mir so vor, als sähe San Martín mich an. Christus richtete den Blick zum Himmel, zweifellos war er in dem Moment dargestellt, in dem er den Vater fragt, warum er ihn verlassen habe. Trotzdem hatte ich das Gefühl, er sieht mich an. San Martín blickte zur Seite, aber aus den Augenwinkeln, ohne den Kopf zu wenden, so als wäre er just in dem Moment, in dem er fotografiert werden sollte (obwohl es sich natürlich um gar kein Foto handelte), durch irgend etwas abgelenkt worden. Er blickte zur Seite, aber ich hatte trotzdem das Gefühl, er sieht mich an.

Auf einmal schien mir auch mit dem Telefon etwas nicht zu stimmen. Ich weiß, seine besondere Leistung besteht darin, aus der Ferne Töne zu übertragen – Töne, und keine

Bilder. Und doch verfügt es ebenso über die Fähigkeit, einem Personen nahezubringen, die gar nicht körperlich anwesend sind, die sich an einem anderen Ort befinden, ja diese Personen in gewisser Weise in ein unbestreitbar verschlossenes Zimmer wie dieses zu versetzen. Deshalb hatte ich auch, obwohl es sich um ein Telefon handelte, um ein Telefon, dessen Hörer stumm auf der Gabel lag, das Gefühl, die bloße Anwesenheit dieses Apparates ermögliche es jemand anderem, mich zu beobachten. Ich hatte das Gefühl, so unsinnig es scheinen mag, dieser jemand habe möglicherweise zugesehen, als ich das Wort in dem Heft korrigierte, als ich aus den zwei l eines machte, wie es sich gehört.

6

Am nächsten Tag kauften wir die Zeitung. Meine Mutter hatte unaufhörlich wiederholt, die Nennung der Zahlen sei ein einziges Durcheinander gewesen, es sei unklar, in welcher Reihenfolge die Zahlen durchgegeben worden seien beziehungsweise welche davon eigentlich zusammengehörten.

Deshalb kauften wir am nächsten Tag die Zeitung. Meine Mutter sagte: »Dann wissen wir Bescheid.«

Sie legte ein Lineal unter die Sechshundertvierzig. Die Sechshundertvierzig, das war ich. Sie fuhr mit dem Finger am Lineal entlang bis zu der Spalte mit den Loszahlen. Erst mit dem Finger, und dann mit dem Brillenbügel (um die Zahlen aus der Nähe erkennen zu können, hatte sie die Brille abgenommen), und dann mit einem gut gespitzten Bleistift fuhr sie am Lineal entlang, von einer

Spalte zur anderen. Dabei gelangte sie jedes Mal zu der Zahl vierhundertsiebenundneunzig.

»Heer«, sagte mein Vater. Und meine Mutter sagte: »Mein kleiner Soldat« und weinte vor Rührung.

7

Vielleicht hatte ich etwas Verbotenes getan und kam mir deshalb beobachtet vor. Das sagte mir wenigstens mein Schuldgefühl. Wenn man etwas Verbotenes tut, hat man das Gefühl, beobachtet zu werden, ganz egal, wie allein man dabei ist. Und ich hatte vielleicht wirklich etwas Verbotenes getan. Der Eintrag in dem Heft stammte möglicherweise von dem Feldwebel Torres oder eher noch, was mir wahrscheinlicher schien, von dem Gefreiten Leiva, denn der war ganz offensichtlich nicht besonders gebildet und auch nicht besonders helle. Trotzdem hatte ich keinesfalls das Recht, einen meiner Vorgesetzten, welchen auch immer, auf einen Fehler hinzuweisen, und das gleiche galt für meine Kameraden, in keiner Weise war ich mehr wert als irgendeiner von ihnen, da mochte ich noch so sehr im Recht sein. Ganz egal, wie gut ich mich mit der Rechtschreibung auskannte, der, der die Nachricht geschrieben hatte, durfte sich mit dem gleichen Recht darüber hinwegsetzen. Für einen so kurzen, so einfachen Satz hatte er sich in der Tat einen keineswegs harmlosen Fehler geleistet. Aber das gab mir nicht das Recht, ihn auf diesen Fehler hinzuweisen, geschweige, mich besser zu fühlen als er, denn hier war ich niemandem überlegen, ich war selbst ein Niemand, ein Befehlsempfänger.

8

Mein Vater hatte gesagt: »Beim Militär herrschen klare
Regeln.« Die erste dieser Regeln lautete: »Der Vorgesetzte
hat immer recht, vor allem, wenn er im Unrecht ist.« Ich
weiß noch, er sagte, darüber solle ich mir unbedingt im
klaren sein, denn wenn ich das begriffen hätte, hätte ich
automatisch auch alles andere begriffen.

9

Bei Anbruch der Nacht setzten die Schmerzen ein. Eine
Frau weiß immer, was mit ihrem Körper los ist. Dieses
Gefühl hatte sie zum erstenmal, so etwas hatte sie noch
nie erlebt; aber gleich bei den ersten, noch ganz leichten
Schmerzen begriff sie, daß es kommen würde. Noch in
dieser Nacht würde es kommen, das wußte sie genau,
nur ob wirklich Nacht war, wußte sie nicht, vielleicht
täuschte sie sich da.

10

Beim Militärdienst gibt es eine ganz einfache Regel, sagte
mein Vater immer: »Alles, was sich bewegt, wird gegrüßt;
alles, was sich nicht rührt, geht einen nichts an.« Wer das
wußte, wußte Bescheid und bekam niemals Schwierigkeiten.

11

Ich überlegte, ob ich aus dem l in dem Satz aus dem Heft
wieder zwei l machen solle, damit alles so war wie vor-

her. Ein l oder zwei l, an der Bedeutung des Satzes änderte das schließlich nichts. Aber das war natürlich Quatsch – schon alleine weil ich keinen Radiergummi zur Hand hatte. Außerdem war es unmöglich, zu radieren, ohne Spuren auf dem Blatt zu hinterlassen. Es handelte sich um Papier allerschlechtester Qualität, beim Radieren wäre es höchstwahrscheinlich zerrissen. Und das wäre wirklich schlimm gewesen, denn der Satz mußte unbedingt klar und deutlich zu lesen sein, da durfte nirgendwo ein Fleck sein oder irgendwelche Schmierer oder Risse.

12

Mein Vater liebte es, Anekdoten zu erzählen. Wie bei vielen anderen auch, stammten seine Anekdoten zum Großteil aus den fernen Tagen seines fünfzehnmonatigen Militärdienstes, und sobald feststand, daß meine Loszahl tatsächlich die Vierhundertsiebenundneunzig war, hatte einmal mehr die Stunde seiner Anekdoten geschlagen, keine wurde ausgelassen, jede so erzählt, als hätten wir sie noch nie zu hören bekommen.

Eine handelte vom Morgenappell im Kasernenhof. Ungefähr dreißig Soldaten in voller Montur sind angetreten. Während sie strammstehen, schreitet der Oberstleutnant die Reihe ab; wie der Mann hieß, wollte meinem Vater beim besten Willen nicht einfallen. Irgendwann donnert der Oberstleutnant: »Soldaten! Irgendwer dabei, der gut Schreibmaschine schreibt?« Und weiter: »Wer gut Schreibmaschine schreibt, vortreten!« Zuerst sagt keiner was. Wer weiß schon, was der Oberstleutnant unter »gut schreiben« versteht. Schließlich tritt fast am Ende der Reihe ein kleiner Rothaariger vor, das Gesicht voller Sommersprossen, kaum größer als eins fünfzig. Er schreit:»Ich, Herr Oberstleutnant.« Der Oberstleutnant tritt auf ihn zu und brüllt: »Sie schreiben gut Schreibmaschine?« Der Soldat brüllt zurück:»Jawohl, Herr Oberstleutnant!« – »Gut«, sagt der Oberstleutnant,»sehen Sie den Eimer und den Schrubber da? Die schnappen Sie sich, und in einer Stunde sind die Latrinen blitzblank!«

Die Lehre aus dieser Geschichte war laut meinem Vater: Beim Militär ist es am besten, niemals irgend etwas Besonderes zu können. Das sollte ich mir hinter die Ohren schreiben.»Mach's bloß nicht wie die Juden«, sagte er,»die wollen immer zeigen, daß sie von allem was verstehen.«

13

Sie hatte keine Ahnung, ob jemand sie hören würde, trotzdem rief sie:»Es kommt.« Sie rief es laut, für den Fall, daß sie doch nicht ganz allein wäre. Aber sie rief es gewissermaßen auch sich selbst zu, in dem halb bewußten, halb unbewußten Zustand, in dem man nicht genau weiß, ob man eigentlich laut spricht oder flüstert, ob man alles, was man sagen möchte, auch ausspricht oder, wenigstens einen Teil davon, nur innerlich erklingen läßt.

Die nächtliche Stille war so rein, daß ihre Stimme tatsächlich von jemandem gehört wurde, irgendwo hinter den Türen, auf einem der Gänge. Von ferne kam die Antwort:»Sag Bescheid, wenn es alle fünf Minuten weh tut.« Ihr Gesprächspartner mußte wissen, daß sie keine Uhr hatte, beziehungsweise wenn sie eine gehabt hätte, diese nicht ablesen konnte. Aber fünf Minuten, das hieß auch dreihundert Sekunden, und die Sekunden mitzuzählen, weder zu hastig noch zu langsam, hatte sie inzwischen gelernt. Es war einfacher, die Sekunden zu zählen als die Stunden, und einfacher, die Stunden zu zählen als die Tage.

Sie achtete also darauf, wieviel Zeit von Mal zu Mal verstrich, und nur, wenn der Schmerz anzog, verlor sie für eine Weile den Überblick. Trotz allem merkte sie genau, als es soweit war. Und da rief sie noch einmal: »Es kommt.«

14

Am besten unternahm ich nichts, sagte ich mir. Wer auch immer die Nachricht geschrieben hatte, würde die Korrektur nicht bemerken. Weder sein Gedächtnis noch seine Wahrnehmungsfähigkeit würden ihm auf die Sprünge helfen, gerade weil dort seine Schwächen lagen, hatte er den Fehler ja begangen. Und sollte er aus irgendeinem Grund doch etwas merken, würde er sich wohl kaum dazu äußern – selbst jemand wie der Gefreite Leiva stand ungern vor den anderen als Idiot da, so verdient er es gehabt hätte.

15

Einer beim Militär hatte das folgende Motto, wie mein Vater erzählte: »Nichts zu tun, aber Hauptsache pünktlich!« Hieran ließ sich, fand er, gut ablesen, wie die militärische Logik funktioniert. Das solle ich aber bloß niemandem erzählen in der Kaserne, meinte er dann mit Nachdruck, auch den Kameraden nicht. »Immer schön die Klappe halten!« sagte er und zwinkerte mir zu.

16

In das Heft wurden ausschließlich wichtige Nachrichten eingetragen. Deshalb lag es stets neben dem Telefon; sonst befand sich nichts auf dem Tisch. Es war streng verboten, Dinge einzutragen, die nicht unmittelbar mit den Anfragen oder Hinweisen zu tun hatten, die uns von anderen Einheiten erreichten. So kam es manchmal mehrere Tage lang zu keinem Eintrag. Der einzige Eintrag dieses Tages war die erwähnte Anfrage in einer medizinischen Angelegenheit.

17

Sie brauchte nicht zu glauben, was sie da zu hören bekam: Es stimmte nicht, daß zwischen einer werfenden Hündin und einer Gebärenden kein Unterschied bestand, und es stimmte auch nicht, daß ihr Kleines tot zur Welt gekommen war, denn sie hatte es weinen hören.

18

Manche Mitteilungen hatten einen wenig aussagekräftigen Inhalt, bezogen sich lediglich auf Details von Einsatzplänen. Andere verlangten ein höheres Maß an Geheimhaltung, auch wenn sie ebenfalls bloß mit Nebenaspekten bevorstehender Einsätze zu tun hatten. Der heutige Eintrag jedoch war offensichtlich mit besonderer Diskretion zu behandeln.

Ich verdankte es dem großmütigen Vertrauen, das Doktor Mesiano mir entgegenbrachte, daß ich Zugang zu dieser Art technischer Anfragen hatte, Berichten aus einer Wirklichkeit, in der abstraktes Wissen nutzbringend auf konkrete Erfordernisse angewandt wurde.

19

Sie stellten ihr einen Eimer und einen Putzlumpen hin und befahlen ihr, ihre Hinterlassenschaften zu beseitigen. Lachend sahen sie zu, wie sie die Flüssigkeiten aufwischte, die ihr Körper abgesondert hatte. »Die Plazenta schmeißt du einfach in den Eimer«, sagte einer von ihnen; dabei fuchtelte er mit der Schere in der Luft herum, mit der zuvor die Nabelschnur durchschnitten worden war.

20

Die Leute vom Militär hätten durchaus Sinn für Humor, sagte mein Vater, auf ihre Art eben. Ein Witz, den man beim Militärdienst oft zu hören bekomme, gehe so: Die Truppe ist angetreten zwecks Unterweisung über die Gefahren allzu häufigen Masturbierens. Zum Schluß erfolgt die Warnung: »Wer zuviel wichst, dem wachsen Haare auf den Handflächen.«

Worauf in schöner Regelmäßigkeit der eine oder andere der Versuchung nicht widerstehen könne, einen prüfenden Blick auf die Innenseiten der eigenen Hände zu wer-

fen. Und derjenige sei dann natürlich, manchmal bis zum
Ende der Wehrdienstzeit, Zielscheibe sämtlicher dummen
Sprüche und Witzeleien.

Mein Vater gab mir den guten Rat, in diesem Moment
bloß nicht meine Handflächen zu inspizieren, sondern
weiter strammzustehen, die Augen geradeaus und die
Hände an der Hosennaht; dafür hätte ich nachher auch
meinen Anteil an dem Spaß.

21

Der Gestank des über dem Eimer ausgebreiteten Lum-
pens war demütigend, aber er überdeckte wenigstens die
anderen Gerüche ihres Körpers – es war ein bißchen wie
bei denen, die, vor allem nachts, laut schrien, um die
Schreie der anderen nicht hören zu müssen.

22

Wenn alles gutging, kam ich nach der Grundausbildung
in die Schreibstube, oder ich wurde Fahrer eines höher-
rangigen Offiziers. Das war die bequemste und ange-
nehmste Lösung. Zudem war es fast schon Brauch, daß
der Fahrer eines Offiziers irgendwann zu dessen Frau
oder sogar zu einer seiner Töchter ins Bett stieg. Von dieser Regel gebe es nur selten eine Ausnahme, sagte mein
Vater.

23

Ich schob das aufgeschlagene Heft an einen möglichst
auffälligen Platz, vor das Telefon, und leicht schräg, denn
daß die heute eingetroffene Nachricht besondere Wich-
tigkeit besaß, war klar.

24

Sie hatte sich zwei Namen zurechtgelegt, je nachdem, ob
sie einen Jungen oder ein Mädchen zur Welt brächte, allerdings wußte sie nicht, ob es bei diesen Namen bleiben
würde oder ob sie durch andere ersetzt würden.
Es war ein Junge, und er hieß Guillermo.

Einhundertachtundzwanzig

1

Da ging die Tür auf, und Feldwebel Torres kam herein. Ohne zu grüßen, fragte er, ob es etwas Neues gebe. »Jawohl, Herr Feldwebel«, sagte ich und deutete auf das Heft auf dem Tisch. Torres zog seinen Mantel aus und hängte ihn über die Stuhllehne; dabei fragte er, worum es in der Mitteilung gehe. Das wisse ich nicht, antwortete ich, ich hätte sie nicht entgegengenommen. Er stellte sich an den Tisch und las, die Hände zu beiden Seiten des Heftes aufgestützt, was dort geschrieben stand. Feldwebel Torres gehörte zu den Leuten, die nicht leise lesen können. Selbst wenn sie allein sind, murmeln sie beim Lesen vor sich hin, und so ließ er mich mithören.

Als er fertig war, umschritt er nachdenklich den Tisch und setzte sich mir gegenüber. Nach einer Weile sagte er: »Was meinen Sie dazu, Soldat?« – »Was ich wozu meine, Herr Feldwebel?« – »Ihrer Meinung nach«, sagte der Feldwebel, »ab wieviel Jahren kann man bei einem Kind in Aktion treten?« – »Mir unbekannt, Herr Feldwebel«, sagte ich. »Ich weiß, daß Ihnen das unbekannt ist, Soldat, ich frage, was Sie dazu meinen.« Erst nach einer Weile schlug ich vor: »Sobald es für das Vaterland notwendig ist.«

Das war eine womöglich recht allgemein gehaltene Antwort. Feldwebel Torres war aber zufrieden damit, so kam es mir wenigstens vor.

2

Doktor Mesiano hatte nur einen Sohn. Er hieß Sergio und war vier Jahre jünger als ich. In späteren Lebensabschnitten machen vier Jahre Unterschied nicht so viel aus. Jetzt allerdings schon: Sergio hatte in der Schule gerade erst mit der Oberstufe begonnen, ich dagegen war bereits ein argentinischer Soldat. Wahrscheinlich bewunderte er mich. Sollte es zu einem Krieg kommen, hatte ich die Möglichkeit, zum Helden zu werden, anders als er, so dachte er wenigstens.

3

Feldwebel Torres überlegte: »Auf jeden Fall sollte man erst bei Kindern tätig werden, die schon sprechen können. Vorher wäre es Zeitverschwendung.« Seine Begründung war, daß man aus einem Kind, das noch nicht spricht, unmöglich etwas herausbekommen kann. So sehr man sich bemüht, sprechen wird es nicht, sprechen wird es nicht, selbst wenn es wollte. »Weil es das noch nicht kann.«

Hierauf wollte der Feldwebel meine Meinung wissen. Ich sei ganz und gar seiner Meinung, sagte ich. Da fragte er, wann Kinder zu sprechen anfingen. »Richtige Sätze«, erklärte er, »nicht irgendwelches Gebrabbel.«

Ich mußte einräumen, daß ich zu dieser Frage nichts sagen konnte, obwohl sie zu unserem täglichen Leben gehört, gewissermaßen zur »Allgemeinbildung«.

4

Doktor Mesianos Frau bekam ich damals nie zu Gesicht. Es wurde eine Menge über sie geredet, aber mir lag nichts daran, herauszufinden, was davon stimmte und was nicht. Es kursierten alle möglichen Geschichten. Meistens war die Rede davon, die Ärmste leide an einer unheilbaren Krankheit und könne nicht mehr aufstehen, sie liege im Bett und nähere sich stumm dem Ende. Oder es hieß, sie liege zwar im Bett, aber im Sterben liege sie keineswegs; sie sei ein Pflegefall und könne nur noch im Rollstuhl das Haus verlassen. Angesichts dessen verlasse sie das Haus gar nicht mehr – vielleicht hatte das auch ihr Mann so verfügt. Manche behaupteten, Doktor Mesianos Frau sei geistig nicht mehr ganz gesund und er erspare es ihr aus Taktgefühl, so den anderen gegenübertreten zu müssen.

Doktor Mesiano redete nie hierüber, und ich fragte erst gar nicht danach.

5

Doktor Padilla hatte geraten, sich die Gefangene frühestens dreißig Tage nach der Geburt wieder vorzunehmen, vor allem, um den Beteiligten mögliche unangenehme Situationen zu ersparen.

Seine Worte seien als allgemeine Empfehlung aufzufassen, fügte er hinzu, davon abgesehen, könne jeder nach Gutdünken verfahren.

6

»Das Problem mit den Kindern ist«, erklärte Feldwebel Torres, »daß sie viel zu viel herumphantasieren.« Da mußte ich ihm vollkommen recht geben. Im Spiel denken sich Kinder alle möglichen Welten aus und vermischen sie dann mit der wirklichen Welt. »Man kann ihnen noch so sehr befehlen, die Wahrheit und nichts als die Wahrheit zu sagen«, fuhr der Feldwebel fort, »letztlich weiß man eben nie, ob sie sich das, was sie einem erzählen, nicht bloß einbilden, auch wenn sie gar nicht wollen.«

Ich wußte ebensowenig, ab wann genau Kinder aufhören, unfreiwillig irgendwelche Geschichten zu erfinden, auch das mußte ich zugeben.

7

Doktor Padilla erläuterte, Analverkehr mit der Gefangenen könne an und für sich keine negativen Folgen haben, zumindest solange man keine übermäßig heftigen Bewegungen ausführe.

Genau auf derlei Bewegungen hatten es diejenigen, die sie aufsuchten, allerdings abgesehen.

8

Das einzige Problem beim Ford Falcon war für mich, daß sich der Kupplungshebel am Lenkrad befand statt am Boden neben dem Fahrersitz, wie ich es vom Fiat 128 meines Vaters gewohnt war. Deshalb bewegte ich vor allem in den ersten Wochen, wenn ich einen anderen Gang einlegen wollte, immer wieder aus Versehen die Hand nach unten und tastete suchend umher, bis mir einfiel, daß man beim Falcon ja oben schaltet. Meine Unsicherheit irritierte Doktor Mesiano, zum einen verlor der Wagen dadurch an Fahrt, zum anderen wirkte mein Herumgetaste auch irgendwie lächerlich. Allmählich gewöhnte ich mich dann ein, schließlich gewöhnt man sich an alles im Leben. Dabei stellte ich fest, daß der Ford Falcon ein starker, leistungsfähiger Wagen war und daß ich es als Fahrer Doktor Mesianos mehr als gut getroffen hatte – angenehmer war die Zeit beim Militär schwerlich rumzubringen.

9

Doktor Padilla stellte ein auffälliges Pfeifgeräusch beim Ein- und Ausatmen fest und schloß daraus auf eine Wasseransammlung in der Lunge. Aus diesem Grund empfahl er, bei den Verhören zeitweilig auf die Technik des Untertauchens zu verzichten, immer vorausgesetzt, es bestehe die Notwendigkeit, die Gefangene am Leben zu erhalten.

10

Feldwebel Torres setzte mit seinen Erklärungen fort: Daß ein Kind – was sich ohnehin von selbst verstand – über eine deutlich geringere Widerstandskraft verfüge als ein Erwachsener, habe auf die Art des Vorgehens keinerlei Einfluß. Entscheidend sei in jedem Fall, den Betreffenden an die Grenze seiner Widerstandsfähigkeit zu bringen, wo auch immer die liege. Es mit Kindern zu tun zu haben vereinfache sogar manchmal die Arbeit, denn der

Zeitaufwand sei viel geringer und man komme schneller zu Ergebnissen.

11

Doktor Padilla konstatierte eine zunehmend unrhythmische Herztätigkeit, selbst in Ruhezeiten, und folgerte daraus, daß ab sofort eine erhebliche Infarktgefahr bestand. Aufgrund dieser Diagnose riet er dazu, bei den Verhören wenigstens für einige Wochen mit der Verabreichung von Stromschlägen auszusetzen. Erneut fügte er zur Erklärung hinzu, dieser Ratschlag gelte für den Fall, daß man interessiert sei, die Gefangene weiterhin am Leben zu erhalten.

12

Sobald klar war, daß Doktor Mesianos Gattin, aus welchem Grund auch immer, ihr Zimmer nicht verließ und zu niemandem Kontakt hatte – während mir ihr einziger Sohn Sergio sehr wohl vorgestellt wurde –, war auch klar, daß die Regel über das Verhältnis zwischen Rekruten im Fahrdienst und den Ehefrauen oder Töchtern ihrer Vorgesetzten sich in meinem Fall ausnahmsweise nicht bestätigen würde.

Das war mir nur recht, denn schon nach kurzer Zeit empfand ich große Zuneigung zu Doktor Mesiano, weswegen es mir äußerst unangenehm gewesen wäre, mich ihm gegenüber in ein zweifelhaftes Licht gerückt zu sehen.

13

Es war ein Schwarz-Weiß-Photo. Nur bei genauerem Hinsehen merkte man – am Gesicht des Jungen –, daß der Dargestellte kaum älter als zehn war. Und nur wenn man sich seinen Mund genauer ansah, ahnte man etwas von seiner Furcht. Alles übrige paßte nicht zu dem Gesicht: der Helm, die Stiefel, das Gewehr, das nichts zu wiegen schien, die stramm aufrechte Haltung des deutschen Soldaten.

Feldwebel Torres bewahrte dieses Photo unter seinen Sachen auf. Er reichte es mir über den Tisch hinweg, zwischen uns das stumme Telephon und das aufgeschlagene Heft, und sagte, ich solle es mir einmal ganz genau ansehen.

»Und, was sagt Ihnen das?« fragte er schließlich. »Offensichtlich eine Aufnahme aus dem zweiten Weltkrieg, Herr Feldwebel«, sagte ich. »Ganz genau«, entgegnete Feldwebel Torres zufrieden. »Und sie zeigt uns, daß auch Kinder an Kriegen teilnehmen.«

14

Doktor Padilla wies darauf hin, daß es ratsam sei, den Unterleibsbereich der Gefangenen einstweilen von Schlägen auszunehmen. Da die Geburt erst so kurz zurückliege, bestehe eine stark erhöhte Wahrscheinlichkeit, andernfalls kaum mehr in den Griff zu bekommende innere Blutungen auszulösen.

Sollte es notwendig sein, die Gefangene in Bälde erneut zu vernehmen, vertrat Doktor Padilla die Ansicht, es sei vorzuziehen, dabei psychologische Druckmittel anzuwenden.

15

Die Folgen waren nur zu oft unangenehm. So war es beispielsweise vorgekommen, daß ein Oberleutnant von den Treffen eines Soldaten und seiner Gattin Wind bekommen hatte. Und nur wenig später war dieser Soldat, keineswegs zu seinen Gunsten, versetzt worden – für gewöhnlich in eine Kaserne tief im Süden, wo es sehr kalt ist. Es war aber auch schon vorgekommen, daß ein Soldat, aus Loyalität oder einfach aus Desinteresse, nicht auf die Annäherungsversuche der Gattin seines Vorgesetzten eingegangen war. Auch diesen Soldaten hatte bald darauf der Befehl ereilt, seinen Dienst in einer Kaserne im absoluten Niemandsland fortzusetzen.

In meinem Fall gab es zum Glück nichts von alledem. Daß Doktor Mesiano mir so offensichtlich vertraute, erfüllte mich mit großem Stolz, die anderen wußten längst, daß sie sich genausogut an mich wenden konnten, wenn sie ihm etwas mitzuteilen hatten.

Einhundertachtzehn

1

Der Arzt brauchte nicht mehr als zwei Minuten, um sie abzutasten, was er tat, als hätte er einen leblosen Gegenstand vor sich. Dabei erläuterte er lustlos, wie weiter mit ihr zu verfahren sei. Er verlangte nicht einmal, man solle sie losbinden, eigentlich benahm er sich, als wäre sie gar nicht da.

Sie zählte währenddessen die Sekunden. Sie kam noch nicht einmal bis einhundertzwanzig.

2

Wie erwartet, stammte der Eintrag im Heft von der Hand des Gefreiten Leiva. Als er hereinkam, sprachen Feldwebel Torres und ich gerade über Geschichten aus dem Krieg. Leiva hielt ein in Papier gewickeltes Schnitzelsandwich und eine Literflasche Cola in den Händen.

Feldwebel Torres hatte sich bis jetzt nichts von seinem Ärger anmerken lassen. Aber sobald der Gefreite Leiva den Raum betrat, fing er an, ihn wüst zu beschimpfen. »Was soll denn das sein?« sagte er und stieß das immer noch aufgeschlagene Heft wütend in seine Richtung. »Was soll das sein, he?« Der Gefreite erklärte, er habe sich etwas zum Abendessen geholt, denn später, wenn das Spiel laufe, sei nirgendwo mehr etwas zu bekommen. »Und was soll das hier sein, verdammt?« wiederholte Feldwebel Torres. Der Gefreite hielt immer noch das eingewickelte Sandwich und die Flasche in den Händen. Ich dachte schon, gleich werde er die Flasche fallen lassen und ich dürfe dann die Scherben zusammenfegen. »Diese Nachricht ist heute eingetroffen, Herr Feldwebel«, antwortete der Gefreite Leiva unsicher. Feldwebel Torres schlug so heftig mit der Faust auf den Tisch, daß fast das Heft zuklappte. Es war ratsam, jeder wußte das, Feldwebel Torres nicht zu verärgern. Der schäumte. »Gefreiter Leiva«, brüllte er, »seit wann schreibt man so Meldungen auf?« Am besten sagte man in einem solchen Moment nichts, der Gefreite Leiva wußte das zum Glück selbst. Stumm ließ er die Beschimpfung durch den Feldwebel über sich ergehen. In einer Hand hielt er immer noch das fettige Papier mit dem Sandwich, in der anderen die Flasche. Alle hätten ihre Aufgaben mit der größtmöglichen Sorgfalt zu erledigen, sagte Feldwebel Torres, in Zeiten wie dieser könne jeder Fehler teuer zu stehen kommen, der Feind warte nur darauf, daß wir eine Unvorsichtigkeit begingen, um loszuschlagen, im Krieg dürfe man sich bei keiner Gelegenheit auch nur die geringste Leichtsinnigkeit erlauben.

»Jawohl, Herr Feldwebel, jawohl, Herr Feldwebel«, stammelte der Gefreite Leiva. Erleichtert und wohl auch nicht ganz uneigennützig sagte ich mir, das mit der Rechtschreibkorrektur werde jetzt niemandem mehr auffallen.

3

Sie verbot sich den Gedanken, irgendwann werde sich hier jemand ihrer annehmen: weder der Arzt, der nach ihr sah, weil sie übermäßig viel Blut verlor, noch sonst jemand kam dafür in Frage. Auch nicht der mit der ein wenig sanfteren Stimme, der immer morgens erschien und ihr sogar manchmal übers Haar strich und dabei von ihrem Kindchen und der Namensliste erzählte; einer seiner Sprüche war, im Leben gehe es einzig und allein um Geben und Nehmen. Der auch nicht, der erst recht nicht.

4

Der Feldwebel las jede Silbe einzeln vor: »Ab-wie-viel-jah-ren-kann-man-ein-kind-fol-tern.«

Dann knallte er das Heft zu.

»Was soll denn das sein?« schrie er, »ein Rätsel, oder was?«

»Nein, Herr Feldwebel«, sagte der Gefreite.

»Eine Kniffelaufgabe?«

»Nein, Herr Feldwebel.«

»Ein philosophisches Problem?«

»Nein, Herr Feldwebel.«

»Oder bereiten Sie sich auf die Aufnahmeprüfung bei den Medizinern vor?«

»Nein, Herr Feldwebel.«

Erst jetzt schien der Feldwebel ein wenig besänftigt. Er riet dem Gefreiten Leiva dringend, künftig darauf zu achten, daß sämtliche Meldungen stets korrekt eingetragen würden: Anzugeben war, wer die Meldung entgegengenommen hatte, von wem sie stammte und für wen sie bestimmt war; sollte es sich um etwas Dringendes handeln wie offensichtlich in diesem Fall, sei unbedingt darauf hinzuweisen, indem unter dem eigentlichen Eintrag der Vermerk »dringend« hinzugefügt werde, vorzugsweise in

Druckbuchstaben und möglichst zwei- oder dreimal unterstrichen, ja, falls nötig, sogar viermal.

5

Der mit der sanften Stimme erschien regelmäßig, um
darüber zu reden – so als wollte er ihr etwas Grundlegen-
des erklären oder ihr einen Ratschlag erteilen –, daß das
Leben ein Tauschgeschäft sei: Wer gibt, dem wird gegeben, und wer nichts gibt, verliert alles.

6

Am Anfang ist es nicht so einfach, immer den Tag für
Tag gleichen Pflichten nachzukommen, aber wenn man
sich schließlich daran gewöhnt hat, hat es durchaus Vor-
teile. Es gelang mir schnell, mich als Fahrer diszipliniert
auf die vorgeschriebenen Dienstzeiten einzustellen. Ich
hatte begriffen – worauf ich mir durchaus etwas zugute
halten kann –, daß die Dinge nur dann klappen, wenn
man methodisch vorgeht. Doktor Mesiano hatte einmal
zu mir gesagt: Die argentinische Nation ist aus dem Zu-
sammenstoß zweier Kräfte hervorgegangen, einerseits
das Chaotische, Regellose, Ungeordnete der Guerrilla, andererseits das Systematische, festen Regeln Verpflichtete,
Planvolle des Heeres. Immer wieder forderte Doktor Mesiano mich auf, meine Kenntnisse der argentinischen Geschichte zu vertiefen und selbst meine Schlüsse daraus zu
ziehen.

7

Der Gefreite Leiva versuchte es mit einer Erklärung, freilich keineswegs, um die Tatsache in Frage zu stellen, daß er einen Fehler begangen habe, einen Fehler, der sich keinesfalls wiederholen werde, wie er versicherte. Wie er sagte, hatte er gar nicht vorgehabt, die Nachricht an einen Dritten weiterzuleiten – in diesem Falle hätte er sich sehr wohl deutlicher ausgedrückt. Ihm sei durchaus bewußt, daß jemand, der die Nachricht so vorfand, wie er sie hinterlassen hatte, wohl kaum hätte verstehen können, worum es dabei eigentlich ging. Er habe sich jedoch nur für einen Moment von seinem Dienstplatz entfernt. Er sei zur Kantine gegangen, um sich etwas zum Abendessen zu besorgen. Es stimme, daß er sich dort in ein Gespräch über das bevorstehende Spiel habe verwickeln lassen, wodurch sich seine Abwesenheit länger als vorhergesehen hingezogen habe. Stets habe er jedoch vorgehabt, baldestmöglich zurückzukehren. Insofern handele es sich bei dem Hefteintrag auch nicht so sehr um eine Mitteilung an einen Dritten, vielmehr habe der Satz ihm selbst als eine Art Gedächtnisstütze dienen sollen. Er habe ihn in aller Eile niedergeschrieben, um sicherzugehen, daß er die Anfrage genau so werde wiedergeben können, wie sie ihm übermittelt worden sei. Zu diesem Zweck habe er von dem Benachrichtigungsheft Gebrauch gemacht. Den Rest der Anfrage, ohne den sich für das in Frage stehende Problem selbstverständlich keine Lösung finden lasse, habe er sich so eingeprägt, den habe er nicht extra aufzuschreiben brauchen. Er habe gedacht, daß die Nachricht in seiner Anwesenheit gelesen werden werde. Er habe nicht gedacht, daß es hier zu einem Mißverständnis kommen könne.

»Nicht soviel denken, Gefreiter«, versetzte Feldwebel Torres.

»Jawohl, Herr Feldwebel«, gab der Gefreite Leiva ihm recht.

8

Morgens hieß es zuallererst, den Wagen einsatzbereit machen. Mit einem Wischlappen mußte die nächtliche Feuchtigkeit entfernt werden, anschließend galt es, mit einem Flanelltuch den blauen Chromstahl auf Hochglanz zu polieren. Im Juni war der Wagen bei Tagesanbruch oft mit einer Reifschicht überzogen, und jetzt war ja Juni. Am besten kippte man heißes Wasser darüber, dann schmolz das Eis sofort und man konnte sich mit Wischlappen und Flanelltuch ans Werk machen. Der Wagen mochte so sauber sein, wie er wollte – diese Arbeitsgänge durften keinesfalls übersprungen werden, höchstens, wenn es regnete.

Noch wichtiger war es, das Wageninnere sauberzuhalten. Oft führte uns ein Auftrag über knochentrockene Feldwege; da war es angeraten, jeden Morgen die Fußmatten herauszunehmen und mehrfach kräftig zu schütteln, um sie vom Staub zu befreien. Unter meinem Sitz lag jederzeit griffbereit eine Dose *Crandall*-Raumspray: Zu meinen Pflichten gehörte auch, jeden Morgen eine ordentliche Menge davon im Auto zu versprühen.

Über dieses Tag für Tag ausgeführte Pflegeprogramm hinaus wurde der Wagen einmal pro Woche, immer montags, durch die Waschstraße gefahren. Einmal war auf dem Bezug der Rückbank ein Fleck, und der Wagen mußte noch am selben Abend in aller Eile gesäubert werden. Ich war fast bis zweiundzwanzig Uhr beschäftigt; dafür bekam ich am nächsten Montagmorgen frei.

9

Der Feldwebel wollte wissen, worum es bei der Diskussion in der Kantine gegangen sei. Er fragte den Gefreiten, ob denn jemand habe in Frage stellen wollen, daß Argentinien erneut den Sieg davontragen werde. Der Gefreite versicherte sogleich, daß dem nicht so gewesen sei, in bezug auf einen Sieg Argentiniens hege niemand den geringsten Zweifel; darüber, wie dieser Sieg zu erreichen sei, gingen die Meinungen allerdings auseinander. Der Feldwebel wollte wissen, ob immer noch darüber gejammert werde, daß Jota Jota López oder Vicente Pernía nicht dabei seien. Der Gefreite antwortete, der Streit hierüber sei längst beigelegt, dafür stünden alle richtig denkenden Argentinier wie ein Mann hinter Jorge Olguín und Osvaldo Ardiles.

10

Pünktlich um halb sieben hatte ich Doktor Mesiano vor seiner Haustüre abzuholen. Dafür mußte ich um fünf Uhr aufstehen (im Juni hieß das: bei völliger Dunkelheit). Ich brauchte eine halbe Stunde, um mich fertig zu machen, eine halbe Stunde, um den Wagen zu reinigen, und nochmals eine halbe Stunde für die Fahrt bis zum Haus von Doktor Mesiano. Er erwartete mich bereits am Eingang, immer mit einer seiner starken Zigaretten im Mund.

Sobald er mich kommen sah, hob er zum Gruß die Hand. Ich antwortete, indem ich das Fernlicht aufblinken ließ. In diesem Austausch von Signalen bestand unsere ganze Begrüßung, mehr brauchten wir nicht dafür. Deshalb sagte auch keiner von uns beiden guten Morgen, wenn der Doktor einstieg; statt dessen redeten wir gleich darüber, was für den Tag anstand.

11

Anschließend deutete der Feldwebel wieder auf das Benachrichtigungsheft und forderte den Gefreiten Leiva auf, die Sache jetzt noch einmal genauer zu erklären. Der Gefreite sagte, der Anruf sei zwischen halb fünf und fünf Uhr nachmittags erfolgt, und zwar vom Malvinas aus, vom Centro Malvinas, also aus Quilmes. Bei dem Anrufer habe es sich um Doktor Padilla gehandelt, Doktor Padilla persönlich. »Ich brauche eine Auskunft in einer technischen Angelegenheit«, habe er gesagt. Der Gefreite Leiva bat ihn, einen Moment zu warten. Er nahm den Kugelschreiber und schlug eine neue Seite im Heft auf. Er wollte die Anfrage schriftlich festhalten, um sicherzugehen, daß er nicht versehentlich irgendwelche Einzelheiten durcheinanderbrachte. Doktor Padilla diktierte, und der Gefreite Leiva schrieb mit. »Die Antwort bitte so rasch wie möglich«, sagte Doktor Padilla noch, »es eilt.«

Das heißt, hätte jemand anders den Eintrag lesen sollen, hätte der Gefreite Leiva das Wort »dringend« hinzugeschrieben und mindestens einmal unterstrichen. Doktor Padilla hatte gesagt, das Leben der Mutter sei keinen Pfif-

ferling mehr wert und die von der Warteliste würden
sofort Druck machen, wenn sie erführen, daß das Kind
gesund zur Welt gekommen sei und, wie es schien, helle
Augen haben werde.

12

Es gab ruhige Tage, an denen kaum etwas zu tun war.
Ich verbrachte sie im Dienstzimmer, in Gesellschaft von
Feldwebel Torres oder des Gefreiten Leiva, oder in der
Kantine, wo ich mich mit Doktor Mesiano unterhielt.
An anderen Tagen ging es dafür manchmal ganz schön
hoch her, und ich kam kaum aus dem Auto raus. An solchen Tagen mußte Doktor Mesiano gleich mehrere Einheiten aufsuchen, das heißt, wir fuhren nach Quilmes, nach
Lanús, nach Banfield, nach La Plata, hin und her, den ganzen Tag, überall dorthin, wo die Anwesenheit von Doktor Mesiano erforderlich war. Manchmal waren wir erst
spätabends mit allem fertig.
Was aber für den folgenden Tag keine Rolle spielte: pünktlich um halb sieben holte ich Doktor Mesiano vor seiner
Haustür ab. Ob dann ein ruhiger oder ein hektischer Tag
folgte, war ohne Belang. Wie es eben auch ohne Belang
war, wann wir am Vorabend fertig geworden waren. Wichtig war nur, im Rhythmus zu bleiben, im Leben komme
es vor allem darauf an, methodisch vorzugehen, sagte
Doktor Mesiano immer.

13

Es war nicht der, der ihr immer übers Haar strich. Dieser hier rammte ihr die Stiefelabsätze in die bloßen Füße. Dann beugte er sich zu ihr vor und redete leise auf sie ein. Sie brauchte ihn nicht zu sehen, sie wußte auch so, daß er sich ihrem Gesicht näherte. Sie hörte, wie er sagte: »Das hier ist kein Kindergarten.« Und dann: »Idioten machens hier nicht lange.« Dann sagte er nichts mehr, er wartete ab, ob sie redete.

Als er verschwand, hämmerte er beim Gehen mit den Absätzen auf den Boden, und sie versuchte, die Zehen zu bewegen, aber es ging nicht.

14

Die Überlegungen von Feldwebel Torres führten nirgendwohin. Was er sich über Kinder, darüber, was Kinder sagen beziehungsweise nicht sagen, zusammengereimt hatte, stimmte nicht. Das war mir klar, und ihm war klar, daß mir das klar war. Aber ich gab mir größte Mühe, die Unterhaltung so zu lenken, daß das von ihm so ungeschickt entworfene Gedankengebäude nicht wieder zur Sprache kam. Es mag nebensächlich erscheinen, aber diese Vorsichtsmaßnahme war von entscheidender Bedeutung dafür, daß das Autoritätsgefüge unbeschädigt blieb.

Im gewohnt energischen Tonfall verkündete Feldwebel Torres schließlich: »Dann wollen wir die Anfrage mal an Hauptmann Mesiano weiterleiten.«

»Jawohl, Herr Feldwebel«, sagten der Gefreite Leiva und ich wie aus einem Mund.

1978

1

An diesem Tag jedoch nahmen die Dinge nicht den gewohnten Verlauf. Die liebgewordene Routine, mit deren Hilfe wir uns in Teile eines jederzeit reibungslos funktionierenden Mechanismus verwandelt hatten, sollte just an diesem Tag unterbrochen werden. Feldwebel Torres erteilte mir den Auftrag, auf schnellstem Weg Doktor Mesiano ausfindig zu machen, Doktor Padilla warte an seinem Einsatzort in Quilmes dringend auf Antwort in einer Angelegenheit, die keinen Aufschub dulde. Doktor Mesiano solle sich baldestmöglich in der Verbindungsstelle einfinden und Kontakt zu Doktor Padilla aufnehmen.

Wer jedoch nirgendwo aufzutreiben war, war Doktor Mesiano.

2

Die argentinische Mannschaft: Fillol; Olguín, Galván, Passarella, Tarantini; Ardiles, Gallego, Kempes; Bertoni, Valencia, Ortiz.

3

Ich suchte die verschiedenen Abteilungen unserer Einheit ab. Zunächst diejenigen, wo sich Doktor Mesiano aufgrund seiner Tätigkeiten oder Vorlieben, soweit sie mir bekannt waren, am ehesten aufhalten mochte. Er war nirgendwo dort. Hierauf weitete ich die Suche auf die übrigen Abteilungen aus, zunehmend besorgt und entsprechend weniger systematisch versuchte ich es auch an Stellen, die eigentlich nicht in Frage kamen und wo Doktor Mesiano aller Wahrscheinlichkeit nach nicht anzutreffen sein würde. Ergebnisloses Suchen führt zu einer gewissen Blindheit, das kommt oft genug vor, am Ende öffnen wir, beispielsweise, die Brieftasche, in der – absurden – Hoffnung, dort auf den vermißten Bleistift zu stoßen, oder wir blättern den Terminkalender durch, als ob sich dort – wie denn? – die Autoschlüssel befinden könnten. Dieser typischen Verblendung von jemandem, der vergeblich einer Sache hinterherjagt, näherte ich mich allmählich an, je länger die erfolglose Suche nach Doktor Mesiano sich hinzog, desto mehr geriet ich in diesen Zustand.

4

Die argentinische Mannschaft (mit Vornamen der Spieler): Fillol, Ubaldo Matildo; Olguín, Jorge Mario; Galván, Luis Adolfo; Passarella, Daniel Alberto; Tarantini, Alberto César; Ardiles, Osvaldo César; Gallego, Américo Rubén; Kempes, Mario Alberto; Bertoni, Ricardo Daniel; Valencia, José Daniel; Ortiz, Oscar Alberto.

5

Anfangs wollte ich niemanden nach Doktor Mesiano fragen. Ich hatte das vage Gefühl, er habe sich etwas zuschulden kommen lassen, die bloße Tatsache, daß er nicht in kürzester Zeit aufzutreiben war, stellte seinerseits bereits eine Art von Regelverstoß dar. Im Dienst hatten ausnahmslos alle, unabhängig von ihrer Funktion oder ihrem militärischen Rang, unverzüglich zur Verfügung zu stehen, wenn ihre Anwesenheit erforderlich wurde. Das war eine der Grundvoraussetzungen für das Funktionieren des Systems.

Indem ich andernorts nach Doktor Mesiano suchte, stellte ich ihn bloß, das schien mir klar. Auf einmal ertappte ich mich dabei, daß ich Doktor Mesiano zu decken versuchte, so harmlos und unbedarft mein Vorgehen auch sein mochte.

6

Die argentinische Mannschaft (Aufstellung): Tor: Fillol; rechte Außenverteidigung: Olguín; rechte Innenverteidigung: Galván; linke Innenverteidigung: Passarella; linke Außenverteidigung: Tarantini; rechtes Mittelfeld: Ardiles; zentrales Mittelfeld: Gallego; linkes Mittelfeld und Sturm: Kempes; Rechtsaußen bzw. rechter Flügelläufer: Bertoni; Sturm und linkes Mittelfeld: Valencia; Linksaußen bzw. linker Flügelläufer: Ortiz.

7

Natürlich konnte ich es noch so unauffällig anstellen – mehr als einer hatte trotzdem bemerkt, daß ich aufgeregt hin und her lief. Was nichts anderes bedeuten konnte, als daß ich nach jemandem auf der Suche war. Ebenso klar war, daß dieser jemand nur Doktor Mesiano sein konnte, schließlich war ich ihm zugeordnet; nachdem Doktor Mesiano mein unmittelbarer Vorgesetzter war, konnte es nur um ihn gehen und um niemanden sonst.

Deshalb lief ich die verschiedenen Abteilungen der Kaserne ab – die, die ich in- und auswendig kannte, genau wie die, wo ich noch kaum je gewesen war –, fragte aber niemanden, ob er Doktor Mesiano gesehen habe oder möglicherweise wisse, wo er zu finden sei; doch auch so vertrat mir mehr als einer den Weg und sagte, ohne meine Frage abzuwarten, er habe ihn den ganzen Tag nicht gesehen, oder wenn, dann sei es mindestens drei oder vier Stunden her, und andere wollten gehört haben, er müsse irgendwo hin oder sei schon dorthin aufgebrochen.

Dabei mußte ich die ganze Zeit daran denken, daß Feldwebel Torres auf mich wartete.

8

Die argentinische Mannschaft (Herkunftsvereine der Spieler): Fillol, River Plate; Olguín, San Lorenzo de Almagro; Galván, Talleres (Córdoba); Passarella, River Plate; Tarantini, derzeit ohne festen Verein; Ardiles, Huracán; Gallego, Newell's Old Boys (Rosario); Kempes, FC Valencia (Spanien); Bertoni, Independiente de Avellaneda; Valencia, Talleres (Córdoba); Ortiz, River Plate.

9

Dann war da noch so ein Rekrut in unserer Einheit, Lugo. Er war gewissermaßen der Assistent von Oberst Maidana; nicht sein Fahrer – Autofahren konnte er nicht –, aber sein Mitarbeiter. Wie die meisten Rekruten, um nicht zu sagen fast alle, befand er sich, im Vergleich zu mir, in einer weit weniger begünstigten Position. Anders als ich hatte er keinen Zugang zu allen möglichen Orten, Personen oder Informationen, wie überhaupt niemand ihm so viel Vertrauen entgegenbrachte, wie es Doktor Mesiano in meinem Fall tat.

Diesmal jedoch konnte er mir gegenüber den Überlegenen spielen, was ich wohl oder übel hinnehmen mußte. Ihm war klar, daß ich einigermaßen ratlos auf der Suche nach Doktor Mesiano umherlief. Ich gab zu, daß uns eine Anfrage in einer technischen Angelegenheit erreicht hatte, die Doktor Mesiano möglichst rasch beantworten sollte. Da ließ Lugo mich wissen – denn diesesmal war er und nicht ich derjenige, der Bescheid wußte –, daß Oberst Maidana Doktor Mesiano aus Gefälligkeit zwei Eintrittskarten für die Partie an diesem Abend beschafft hatte. »Belgrano-Tribüne, oben«, fügte er hinzu, »Block B.« Die Karten waren Teil eines Kontingents, das von Konteradmiral Lacoste gratis zur Verfügung gestellt worden war. Diese Karten mußten unverzüglich in der Dienststelle in Viamonte abgeholt werden, schließlich waren sie heiß begehrt.

Deshalb hatte Doktor Mesiano vor ungefähr zwei Stunden im Wagen von Oberst Maidana die Kaserne verlassen, am Steuer saß ein Rekrut mit Namen Ledesma, und es erübrigte sich zu sagen, daß Doktor Mesiano nicht vorhatte, an diesem Tag noch einmal zurückzukehren.

10

Die argentinische Mannschaft (Trikotnummern): Fünf:
Fillol; Fünfzehn: Olguín; Sieben: Galván; Sechzehn: Passarella; Zwanzig: Tarantini; Zwei: Ardiles; Sechs: Gallego; Zehn: Kempes; Vier: Bertoni; Einundzwanzig: Valencia; Sechzehn: Ortiz.

11

Nie habe ich mich von irgendwelchen Gefühlen beein-
flussen lassen, das fand ich schon immer verachtenswert.
Erst recht während meines einjährigen Militärdienstes:
ein Jahr unter Waffen und Männern. Aber es wäre gelo-
gen, wenn ich behauptete, es habe mir nichts ausgemacht,
zu erfahren, daß Doktor Mesiano ohne mich aufgebrochen war.

Natürlich, das sagte ich mir immer wieder, hatte Oberst
Maidana ihn geradezu gezwungen, die Kaserne zu verlassen, damit ihm keinesfalls die Eintrittskarten für das
Spiel durch die Lappen gingen. Aber trotzdem, daß er
mich nicht gebeten hatte, ihn zu fahren, kränkte mich,
unterwegs hätten wir uns über die bevorstehende Partie
unterhalten können, in dem auf Hochglanz polierten Falcon, der schließlich auf ihn wartete, nicht auf mich.

12

Die argentinische Mannschaft (Geburtsdaten der Spieler): Fillol, 21. Juli 1950; Olguín, 17. Mai 1952; Galván,
24. Februar 1948; Passarella, 25. Mai 1953; Tarantini, 3. De-
zember 1955; Ardiles, 3. August 1952; Gallego, 25. April

1955; Kempes, 15. Juli 1954; Bertoni, 14. März 1955; Valencia, 3. Oktober 1955; Ortiz, 8. April 1953.

13

Da merkte ich, wieviel Neid und Mißtrauen Feldwebel Torres und der Gefreite Leiva mir gegenüber empfanden, und wahrscheinlich nicht bloß sie. Ihrer Meinung nach hätte es ein einfacher Rekrut wie ich niemals so weit bringen dürfen. Der bloße Gedanke widerstrebte ihnen, sie fanden es schlicht und ergreifend unangemessen und fühlten sich benachteiligt, aber was hätten sie tun sollen, ich genoß ja die Unterstützung Doktor Mesianos, und der war innerhalb unserer Einheit eine wichtige Figur. Aber auch ihm gegenüber waren Feldwebel Torres und der Gefreite Leiva nicht frei von Neid, wie mir an diesem Tag untergründig klar wurde.

Als ich mit der Meldung zurückkehrte, Doktor Mesiano sei nirgendwo aufzutreiben, zeigten sich beide besorgt, weil so Doktor Padillas Anfrage ganz offensichtlich nicht in der gebotenen Eile würde beantwortet werden können, aber sie ließen sich auch ihre Freude darüber anmerken, daß Doktor Mesiano bei einer Pflichtverletzung ertappt worden war.

»Sie müssen wissen, Soldat«, sagte der Feldwebel zu mir, »wir machen hier keine Spielereien. Wer einmal tot ist, den kriegt keiner mehr zum Reden. Deshalb brauchen wir sofort eine Antwort auf Doktor Padillas Anfrage.« Er stellte klar, daß ich Probleme bekommen würde, und Doktor Mesiano wahrscheinlich auch, falls diese Antwort nicht rechtzeitig eintraf.

Der Gefreite Leiva nickte zustimmend. Dabei schien sich unter seinem Schnurrbart ein Lächeln abzuzeichnen.

14

Die argentinische Mannschaft (Körpergröße der Spieler): Fillol, ein Meter einundachtzig; Olguín, ein Meter fünfundsiebzig; Galván, ein Meter zweiundsiebzig; Passarella, ein Meter vierundsiebzig; Tarantini, ein Meter zweiundachtzig; Ardiles, ein Meter siebzig; Gallego, ein Meter siebzig; Kempes, ein Meter zweiundachtzig; Bertoni, ein Meter sechsundsiebzig; Valencia, ein Meter neunundsiebzig; Ortiz, ein Meter siebzig.

15

Als sie das Metall der Pistolenmündung im Nacken spürte, fand sie sich damit ab, daß sie sterben würde. Sie hätten endgültig genug davon, auf ihr Mitwirken zu warten, sagten sie, sie würden sie jetzt erschießen. Diese gewissermaßen abschließende Feststellung war trotzdem so etwas wie eine letzte Gelegenheit, eine letzte Frage, die an sie gerichtet wurde. Aber sie sagte immer noch nichts. Sie hatte ihnen nie ein Wort geglaubt, und das hatte ihr geholfen, keinen einzigen Namen zu verraten. Bei Tag und Nacht waren sie zu ihr gekommen, sie merkte den Unterschied schon gar nicht mehr. An ihrem Körper war fast nichts, das man noch hätte töten können.

Bei dem Wort erschießen dachte sie an ein Exekutionskommando und einen Platz unter freiem Himmel. Liniers, Camila O'Gorman, José León Suárez, all diese Namen fielen ihr fast gleichzeitig ein. Aber erschießen bedeutete hier einfach nur Schluß machen. Sie schleiften sie zu einem Raum, der genauso eng und klein war wie ihre Zelle. Eine Kapuze brauchten sie ihr nicht überzuziehen, das hatten sie gleich zu Anfang getan. Es gab auch kein Erschießungskommando, bloß einen Henker. Ein Mensch war genug, um einen anderen Menschen zu töten. Mehr als ein Revolver im Genick des Menschen, der sterben sollte, war nicht nötig. Sie roch das Schießpulver, den Geruch nach verbranntem Schießpulver, obwohl noch kein Schuß gefallen war. Sie hörte, wie sich der Schlagbolzen in Bewegung setzte, den Umschlagpunkt erreichte. Im Nacken spürte sie den Druck des Fingers auf dem Abzug, der plötzlich den Bolzen freigab.

Aber kein Knall war zu hören, nur das Aufschlagen von Metall auf Metall. Einen vollkommen unwirklichen Moment lang glaubte sie, so müsse sich ein Schuß anhören, wenn man tot war. Dann begriff sie, daß sie sich getäuscht hatte, daß gar kein Schuß gefallen war. Mit Flüchen und Gelächter wurde das Schauspiel gefeiert. Sie hatte sich damit abgefunden, sterben zu müssen, jetzt mußte sie sich damit abfinden, daß ihr Leben weiterging. Wieder hatte sie das Gefühl, ihre Kräfte reichten nicht aus. Damit hatten sie zweifellos gerechnet, denn sofort begannen sie mit dem nächsten Verhör. Fast hätte sie darum gebeten, sie ihres Kindes wegen zu verschonen, aber dann tat sie es doch nicht. Sie wollten die Namen wissen, die Namen, die Namen. In den Schläfen hämmerte ihr Puls, es tat weh. Um sie nicht hören, nichts sagen zu müssen, fing sie an zu zählen, wie viele Schläge waren es pro Minute?

16

Die argentinische Mannschaft (Körpergewicht der Spieler): Fillol, achtundsiebzig Kilo; Olguín, neunundsechzig Kilo; Galván, siebzig Kilo; Passarella, einundsiebzig Kilo; Tarantini, dreiundsiebzig Kilo; Ardiles, zweiundsiebzig Kilo; Gallego, zweiundsiebzig Kilo; Kempes, sechsundsiebzig Kilo; Bertoni, achtundsiebzig Kilo; Valencia, siebenundsiebzig Kilo; Ortiz, siebzig Kilo.

Achtzigtausend

1

Mein ganzer Stolz hing auf einmal davon ab, daß es mir gelang, Doktor Mesiano zu finden und dafür zu sorgen, daß er sich der dringenden Anfrage Doktor Padillas annahm. Ich hatte das Gefühl, nicht zulassen zu dürfen, daß durch unser Versagen eine wichtige Information nicht an ihr Ziel gelangte (egal, welche Pflichtverletzung Doktor Mesiano sich hatte zuschulden kommen lassen – falls eine solche Pflichtverletzung überhaupt vorlag –, ich betrachtete sie auch als die meinige).

Ich bat Feldwebel Torres, die Kaserne verlassen zu dürfen. Und zwar im Ford Falcon – ich war entschlossen, Doktor Mesiano zu finden, damit er rechtzeitig seine wertvolle Spezialistenmeinung kundtat. Was genau ich unter diesen Umständen mit »rechtzeitig« meinte, hätte ich selbst nicht sagen können.

»Tun Sie, was Sie nicht lassen können, Soldat«, sagte der Feldwebel, ohne von den Papieren aufzublicken, die er gerade durchsah.

Es war Winter: Als ich aus der Kaserne kam, wurde es dunkel.

2

Der Verkehr auf den Straßen war fast völlig zum Erliegen gekommen. Alle Kreuzungen waren verstopft, zeitweilig ging überhaupt nichts mehr. Da irgendwie schneller vorankommen zu wollen war absurd – vor mir reihte sich unabsehbar Wagen an Wagen. An den anderen Spieltagen war es genauso gewesen: Alle brachen gleichzeitig von der Arbeit auf, um auch ja bei Beginn der Fernsehübertragung zu Hause zu sein; in Windeseile füllten sich die Straßen mit Autos, und die Fahrt durch die Stadt dauerte ausgerechnet dann doppelt so lang wie gewöhnlich – wenn nicht noch länger –, wenn es besonders schnell gehen sollte. Auch heute war es nicht anders, obwohl Samstag war.

Um mich abzulenken, schaltete ich das Autoradio ein. Die Kommentatoren spekulierten über den Ausgang der Begegnung. Sie gaben sich zurückhaltend, zweifelten aber nicht am Sieg Argentiniens. Ich sah auf die Uhr und stellte fest, daß ich unmöglich rechtzeitig bei Doktor Mesiano ankommen würde. Ich hatte mich dorthin aufgemacht, ohne recht zu wissen, wie ich eigentlich vorgehen sollte. Ich war noch nie dort ausgestiegen und hatte auch noch nie bei ihm geklingelt, für gewöhnlich erwartete der Doktor mich ja startbereit vor der Tür. Und verspätet hatte sich der Doktor ohnehin nie. Vielleicht war er um diese Uhrzeit gar nicht zu Hause, vielleicht war er auf direktem Weg zum Stadion gefahren, und ich war so unbedacht, aus heiterem Himmel seine Gattin zu belästigen, die, aus welchem Grund auch immer, ein so zurückgezogenes Leben führte.

Ich verspürte durchaus Erleichterung, als ich eine andere Route einschlug. Ich bog von der Straße, die zu Doktor Mesianos Haus führte, ab und steuerte statt dessen die Avenida del Libertador an, den schnellsten Weg zum Stadion.

3

Durch Umbaumaßnahmen, die das WM-Organisationskomitee angeregt und deren Ausführung es anschließend
auch überwacht hatte, fanden im Stadion jetzt fast achtzigtausend Personen Platz. Mir eine Menschenansammlung
dieses Ausmaßes auf den Straßen eines gewöhnlichen
Stadtviertels vorzustellen kostete mich einige Anstren-
gung. Einfacher war es, zu begreifen, daß meine Chancen, Doktor Mesiano am Stadioneingang zu treffen, angesichts dieser ungeheuerlichen Zahl so gering waren,
daß sie sich nicht einmal durch das Bild von der Nadel
im Heuhaufen angemessen beschreiben ließen.

Wahrlich keine ermutigende Aussicht, doch gleich darauf machte ich mir klar, daß ich immerhin genau wußte,
in welchem Zuschauerblock ich zu suchen hatte; ich hatte
es also mit einer Anzahl von Personen zu tun, die deutlich geringer war als die achtzigtausend, die das Stadion
insgesamt faßte. Ich müßte bloß die Eingänge von der
Calle Udaondo aus ablaufen, die von der Calle Alcorta
oder der Calle Lugones aus brauchte ich nicht zu berück-
sichtigen.

Letztlich hatte ich keine andere Wahl, wie ich mir ein-
gestehen mußte. Zu mir nach Hause zu fahren wäre auf
keinen Fall besser gewesen, und noch schlimmer wäre
es gewesen, in der Kaserne zu bleiben und mir die Vor-
würfe von Feldwebel Torres anzuhören; zudem hätte sich
der Gefreite Leiva zweifellos nur zu bald dem Reigen an-
geschlossen, denn eine solche Gelegenheit, dem anderen
eins auszuwischen, ließ sich so schnell keiner entgehen.

4

Was ich vorhatte, war, zwischen den Eingängen zur Belgrano-Tribüne auf- und abzulaufen, allzu viele waren es ja nicht; früher oder später würde Doktor Mesiano unweigerlich dort auftauchen, das war mir klar. Ich verließ mich darauf, daß ich ihn – oder er mich – in der Menge entdecken würde. Er würde nicht einmal den Spielanfang verpassen; er brauchte mir bloß zu sagen, wie die Antwort auf Doktor Padillas Frage lautete, und ich würde es dann übernehmen, diese Antwort vor Ort zu übermitteln, im Centro Malvinas in Quilmes.

Aber je näher ich dem Stadion kam, desto schlimmer wurde der Stau. Im Radio wurde inzwischen die argentinische Mannschaftsaufstellung bekanntgegeben und in allen Einzelheiten analysiert. Das lenkte mich eine Zeitlang ab, allerdings kam ich zu meiner Verzweiflung streckenweise bloß noch im Schrittempo voran. Ja, schlimmer noch, diejenigen, die zu Fuß Richtung Stadion unterwegs waren, liefen zu beiden Seiten des Wagens an mir vorbei und ließen mich abgeschlagen zurück. Viele von ihnen grüßten und schwenkten ihre Argentinien-Fahnen, als sie merkten, daß ein Soldat in dem Auto saß. Ich grüßte zurück, indem ich die Daumen in die Höhe reckte.

Ein paar Querstraßen weiter ließ ich den Falcon stehen und setzte den Weg zu Fuß fort, weil man so offensichtlich schneller vorwärtskam. Doch auch so traf ich zu spät beim Stadion ein. Kurz vor Spielanpfiff stand ich im Eingangsbereich der Belgrano-Tribüne. Doktor Mesiano, methodisch wie er war, hatte ihn sicherlich längst durchschritten. Da beschloß ich, zu warten und ihn nach dem Spielende abzupassen.

5

Der weiße Widerschein der Flutlichter erleuchtete auch die Mauern des Bundesschießstands. Dort hatte ich während der Grundausbildung meine Schießübungen absolviert und zwei elementare Dinge gelernt: erstens, nicht das gute Auge macht den guten Schützen, sondern die ruhige Hand – das gute Auge zeigt einem bloß, wie weit man daneben getroffen hat, weil die Hand nicht ruhig war; zweitens: nie zögern vor dem Abdrücken, wer Hemmungen hat zu töten, wird selbst getötet.

An diesem Abend fanden logischerweise keine Schießübungen statt, mit dem Effekt, daß ich die dazugehörigen Explosionsgeräusche hinter den Mauern, die die Schützen dem Blick entzogen, geradezu vermißte.

6

In den nächsten zwei Stunden, wenigstens bis zum Ende des Spiels, würde nichts passieren, das war sicher. Gewann Argentinien, konnte es sogar sein, daß es die ganze Nacht über nichts zu tun gab. Besser war es, nicht daran zu denken, was im Fall einer Niederlage passieren konnte. Aber das war bislang nicht vorgekommen, warum sollte es also heute vorkommen?

7

Plötzlich merkte ich, daß die Stadt menschenleer war. Schlagartig – nirgendwo ein Auto oder ein Bus oder auch nur ein einziger Passant, kein Mensch, nirgends. Das hieß, das Spiel hatte angefangen.

8

Und es hieß, in der nächtlichen Stille auf Torjubel warten. Ein Tor für Argentinien, wie in den Nächten zuvor, und es würde, wenigstens bis zum nächsten Morgen, wahrscheinlich keine weiteren Schreie geben.

9

In der Umgebung des stillen Stadions waren nur Polizisten unterwegs. Manche zu Pferde, manche auf Motorrädern. Dazu kamen die Streifenwagen. Deren Insassen hielten die anderen über den Stand der Dinge auf dem laufenden und redeten den Zweiflern gut zu.

10

Ein Kind ist imstande, mit seinem Schreien selbst die Stimmen aus dem Radio zu übertönen, mögen die sich auch noch so lautstark ereifern. Zum Glück fing es an zu schreien, und sie brachten es zu ihr, damit es endlich Ruhe gab.

11

Bei genauem Hinsehen bemerkte man den himmelblauen Schimmer, der überall durch die Ritzen der Rolläden drang. Er war zugleich der Beweis dafür, daß die Stadt nicht evakuiert worden war, wie es manchmal im Krieg vorkommt, daß also nicht sämtliche Einwohner den Ort verlassen und sich mit allem, was dem Angreifer nützlich sein konnte, davongemacht hatten.

12

Die kalte trübe Brühe, die sie zu Unrecht als Bouillon be-
zeichneten, enthielt normalerweise nicht mehr als ein
paar vereinzelte Nudeln und dazu vielleicht ein Kartof-
felscheibchen, das so dünn war, daß es an der Oberflä-
che trieb. An diesem Abend waren es dafür drei richtige
Stücke Kartoffel und noch irgend etwas Kürbisartiges,
und die genaue Anzahl der Nudeln hätte sich diesmal
nicht ohne weiteres bestimmen lassen.
So war es auch gegen Ungarn gewesen, und danach gegen
Frankreich: Ganz offensichtlich sollte die Glückssträhne
nicht reißen.

13

Plötzlich war ich hungrig und fror. Ein schneidend kal-
ter Wind kam auf, der die herumliegenden Papierfetzen
vor sich hertrieb, allerdings völlig geräuschlos. Ich ging
in Richtung der Querstraße, die diagonal zur Avenida
del Libertador führt, auf der Suche nach einer Pizzeria,
die in Erwartung der Leute, die nach Spielende aus dem
Stadion strömen würden, geöffnet hatte.
Kurz vor dem Platz, der von der Diagonalen durchschnitten wird, erblickte ich einen Hund. Ich verstehe nur wenig von Hunderassen, ich kenne gerade mal die geläufig-
sten, die, die alle kennen. Der Hund sah jedenfalls ganz
nach einem deutschen Schäferhund aus, es war kein deut-
scher Schäferhund, aber er sah aus wie einer. Durch die
Art, wie er sich bewegte, fiel er mir auf. Offenbar spielte
er mit etwas, er stieß es an und lief dann hinterher, versuchte es mit den Zähnen aufzunehmen, was ihm aber

nicht gelang. So spielen eigentlich Katzen und nicht Hunde; dieser Hund war jedenfalls so in sein Spiel vertieft, daß er mich anfangs gar nicht bemerkte.

Ich ging auf ihn zu, kam ihm aber nicht zu nahe. Ich traue Hunden nicht. Trotzdem war ich so nah herangetreten, daß ich in einem plötzlich aufscheinenden Licht den Goldglanz des Gegenstandes wahrnehmen konnte, mit dem der Hund beschäftigt war. Es war irgend etwas ganz Kleines, und als ich noch näher herantrat, näher als ich mich sonst an frei herumlaufende Hunde heranwage, stellte ich fest, daß es eine Münze war. Eine Münze, sagte ich mir, oder der Deckel von einer Limonadeflasche; wegen der goldenen Farbe wohl eher eine Münze.

Ich war so nah herangekommen, daß der Hund mich schließlich bemerkte. Er sah mich ausdruckslos an. Ich wollte schon weggehen, aber der Hund kam mir zuvor und lief seinerseits davon. Da ging ich zu der Münze, um sie einzustecken: Geld finden bringt Glück, schon allein, weil man Geld findet. Als ich mich bückte, um die Münze aufzuheben, sah ich, daß es gar keine Münze war, sondern ein Ring. Ein goldener Ring mit einem eingravierten großen R auf der Außenseite. Und innen stand, so klein, daß ich es bei der spärlichen Straßenbeleuchtung kaum lesen konnte: »Raúl y Susana«, und dazu eine Jahreszahl: »1973«.

Falls dieser Ring tatsächlich aus Gold war, und es sah ganz danach aus, war er viel mehr wert als die Münze, für die ich ihn anfangs gehalten hatte. Trotzdem, die Münze hätte ich eingesteckt und behalten. Den Ring, ich weiß auch nicht, wieso, warf ich dagegen in die Streusandkiste am Platz und schaufelte mit dem Fuß Sand darüber, erst schaufelte ich Sand darüber und dann wühlte ich mit meinen Soldatenstiefeln solange alles durch, bis ich ganz sicher war, daß ich den Ring nicht wiederfinden würde, selbst wenn ich mich daran gemacht hätte – aber das war ganz ausgeschlossen –, ihn zu suchen.

Fünfundzwanzig Millionen

1

Kurz vor dem Parlament stieß ich auf eine offene Pizzeria. Wie zu erwarten, war sie menschenleer, oder so gut wie, wenigstens einer der Tische war nämlich besetzt. Dort hockte ein Mann – ich hätte nicht sagen können, wie alt er war – allein vor einem Glas Soda und einer Pizza Mozzarella. Auf dem Tisch stand außerdem ein Kofferradio, das zu ihm zu gehören schien. Um keinen Lärm zu machen oder um sich besser konzentrieren zu können, trug der Mann links einen Hörstöpsel. Als ich an seinem Tisch vorbeikam, fragte ich, wie es stand. »Null zu null«, sagte der Mann, nichts weiter.

An der Wand hingen zwei Heizstrahler, die vergeblich versuchten, die Luft im Raum zu erwärmen. Die blauen Flämmchen zischten leise vor sich hin, das Geräusch war in der Stille deutlich zu vernehmen.

2

Gegen eine Mannschaft, die vor allem auf Konter setzt, stellt man die eigene Abwehr sinnvollerweise nicht horizontal, als Riegel, auf – denn dann ist die Verteidigungslinie einfach zu durchbrechen –, sondern gestaffelt.

3

Die Frau, die bediente, war so klein, daß sie hinter der Theke fast nicht zu sehen war. Sie kam aber nicht zu mir, ja sie trat nicht einmal hinter dem Tresen hervor, sondern fragte bloß, was ich haben wolle. Dafür brauchte sie trotz allem nicht besonders laut zu sprechen. Ich bestellte eine Cola und zwei Stück Pizza Mozzarella. »Aus dem Kühlschrank?« wollte sie wissen und meinte natürlich die Cola. »Muß nicht sein«, sagte ich.

Sie wärmte die Pizza im Ofen auf und brachte sie mir zusammen mit der Cola an den Tisch. Der Nachteil, wenn man einzelne Pizzastücke bestellt, ist, daß sie einem dann etwas aufwärmen, was schon weiß Gott wie lange herumsteht. Aber mein Hunger sorgte dafür, daß ich in diesem Moment mit allem zufrieden war.

Die Frau rechnete nicht damit, daß vor Spielende noch jemand in die Pizzeria kommen würde. Nicht einmal der Mann mit dem Radio und ich hätten theoretisch jetzt hier sein dürfen. Als ich fast zu Ende gegessen hatte, kam jedoch ein Polizist herein. Er ging grußlos zwischen den Tischen durch und stellte sich an die Theke, um im Stehen rasch ein Glas Wein und zwei Empanadas zu sich zu nehmen. Er forderte die Frau auf, den Tresen vor ihm abzuwischen, er wolle seine Dienstmütze ablegen und die dürfe keine Flecken bekommen. Auf einmal fragte er: »Und was ist mit dem Spiel, Señora?« Ich hatte mich ja auch gewundert, daß hier keine Übertragung lief. Wieder hinter dem Tresen verschanzt, sagte die Frau: »Das tu ich nur aus Aberglauben, wissen Sie, damit wir heute gewinnen. Gegen die Italos in Deutschland habe ich mir das Spiel hier im Radio ange-

hört, und da hätten wir fast verloren, bloß wegen Houseman nicht.«

Der Polizist schluckte den letzten Bissen hinunter und
trank aus, sagte aber nicht, was er von dieser Antwort
hielt. Er drehte sich um und zeigte mit dem Finger auf
den Mann mit dem Radio. »He, Sie da«, sagte er, »wie
steht's denn?« Der andere wiederholte gleichgültig: »Null
zu null.« Da nahm der Polizist eine Papierserviette aus
einem Glas auf der Theke, wischte sich damit über den
Schnurrbart, setzte die Mütze wieder auf, rückte sie mit
einem Handgriff zurecht und ging hinaus auf die Straße, in die Kälte der Nacht, grußlos und ohne zu zahlen.

4

Wenn der Gegner hinten alles zustellt, bringt es wenig, es
immer wieder mit hohen Bällen zu versuchen, die lassen
sich mühelos abfangen, und als Angreifer verliert man
so bloß irgendwann die Lust.

5

Ich wollte schon gehen, irgendwohin, wo ich das Spiel
mithören konnte, da stand der Mann vom anderen Tisch
auf und ging in Richtung Toiletten an mir vorbei. Das
Radio mit dem Hörstöpsel ließ er auf dem Tisch stehen.
Die Toiletten waren ein ziemliches Stück entfernt, am
Ende eines Gangs, der neben der Theke anfing. Was mich
dann auf einmal antrieb, weiß ich auch nicht. Ich stand
meinerseits auf und trat an den anderen Tisch. Normalerweise war ich nicht schüchtern, aber auch nicht auf-

dringlich – was ich da tat, kam mir selbst einigermaßen befremdlich vor. Vielleicht war es einfach, weil ich unbedingt ein bißchen was vom Spiel hören wollte, vielleicht war es auch die Gewißheit, daß mir keiner zusah. Jedenfalls nahm ich den Hörstöpsel, rieb ihn an meinem Pullover ab und steckte ihn mir ins Ohr. Von klassischer Musik habe ich keine Ahnung, nicht das kleinste bißchen, deshalb kann ich auch nicht sagen, ob das, was der Mann auf einem Ohr hörte, Mozart war oder Beethoven oder was weiß ich.

Erschrocken legte ich den Hörstöpsel an seinen Platz zurück und ging wieder zu meinem Tisch. Gleich darauf kam der Mann von der Toilette. Er setzte sich und steckte den Stöpsel in sein Ohr. Ich hatte das Gefühl, er sehe mich an, und beschloß zu gehen. Ich wollte zahlen, aber die Frau ließ mich nicht, so sehr ich auch auf sie einredete. Ich bedankte mich bei ihr und steuerte den Ausgang an. Als ich an dem Mann vorbeikam, erkundigte ich mich erneut nach dem Spielstand.

»Immer noch null zu null«, sagte er und legte eine Hand über sein anderes Ohr.

6

Häufig leitet der Gegner Spielzüge ein, die als bloße Täuschungsmanöver gedacht sind. So rücken etwa mehrere Angreifer rechts vor, obwohl die Attacke eigentlich über den linken Flügel erfolgen soll. In diesem Fall kann die verteidigende Mannschaft gleichermaßen so tun, als verstärkte sie die Abwehr auf einer Seite zu Lasten der anderen, obwohl sie in Wirklichkeit sehr wohl darauf eingestellt ist, die scheinbar geschwächte Seite zu decken und den Angriff genau dort zurückzuschlagen, wo er, wie sie weiß, tatsächlich erfolgen soll. Einen derartigen Täuschungsversuch kann man also ins Leere laufen lassen, nicht indem man unmittelbar darauf reagiert, sondern indem man seinerseits eine Täuschung inszeniert.

7

An einer dunklen Ecke lief ein weinendes Mädchen an mir vorbei. Ich konnte ihr Gesicht kaum erkennen, so schnell lief sie. Sie rannte, was ihre Beine hergaben, aber das schien ihr nicht zu genügen, sie hielt die Arme nach vorne ausgestreckt, lief mit vorgebeugtem Oberkörper. Sie sah mich nicht, sie sah überhaupt nichts. Sie starrte ins Leere, auf einen nicht vorhandenen Punkt irgendwo vor ihr.

Ich ging die menschenleere Straße entlang zu der Stelle, wo ich das Auto hatte stehenlassen, da kreuzte sie plötzlich meinen Weg. Ein Stück weiter wurde sie an einer erleuchteten Stelle erneut sichtbar; dann sah ich, wie sie stolperte, hinfiel und geradezu vom Boden abprallte, um sogleich wieder auf den Beinen zu stehen und weiterzulaufen, als wäre hinfallen bei ihr nicht vorgesehen.

Noch zweimal tauchte sie an erleuchteten Stellen der Straße auf, immer rennend und immer weiter entfernt. Ich blieb stehen und starrte ihr hinterher. Sonst war nirgendwo ein Mensch zu sehen. Am Ende der Straße verschwand das Mädchen in einem verlassenen Durchgang, der zum Bahnhof führte.

Sie kann nicht älter als fünfzehn gewesen sein.

8

Bei der Verfolgung eines Gegenspielers läuft man besser nicht direkt hinter diesem her. So wird dessen Körper nur zum Hindernis, das einem die Sicht verdeckt und den Weg versperrt. Statt dessen sollte man, vorausgesetzt, man hat ausreichend kräftige Beine, ausscheren und seitlich am Gegner vorbeilaufen, ihn ein Stück überholen und erst dann, mit einigen Metern Abstand, kehrtmachen und sich dem anderen frontal in den Weg stellen.

9

Auf der Höhe der Calle Campos Salles gab es, und gibt es immer noch, zwei Freiflächen. Man hatte sie mit Betonmauern umgeben, damit man das Gestrüpp und den Schutt nicht sah. An die Mauern wurden später Plakate geklebt. Keins davon war jetzt noch ganz, geschweige denn gut zu lesen, offensichtlich hatten die Leute, die auf dem Weg zum Stadion daran vorbeikamen, die Plakate Stück für Stück heruntergerissen. Lange Papierstreifen hingen von den Mauern, als wären diese selbst dabei, zu zerfallen.

Müll lag keiner auf den Freiflächen – die einzigen Plakate, die sich nicht abreißen ließen, verkündeten, daß jegliche Ablagerung von Müll streng verboten sei. Trotzdem gab es dort Ratten. Jetzt, wo die Straßen leer waren, hörte man, wie sie sich durchs Gras bewegten, es klang wie die Schritte eines ziellos umhergehenden Menschen. Wenn man genauer darauf achtete, vernahm man auch ihr leises Pfeifen. Es erinnerte an das Gewimmer von jemandem, der vergeblich versucht, ein Schluchzen zu unterdrücken. Es waren viele Ratten, oder sie bewegten sich viel; vielleicht waren dort, wo es Ratten gab, aber auch Katzen, die Jagd auf die Ratten machten. Im Vorbeigehen war von hinter der Mauer außerdem einmal ein Geräusch wie von einem Schlag zu hören. Bestimmt hatte sich eine der Katzen auf eine Ratte gestürzt und beim Losspringen ein Stück von dem herumliegenden Schutt in Bewegung versetzt, es war gegen die Mauer geprallt, und das war der Schlag gewesen, den ich, als ich gerade dort vorbeiging, gehört hatte, ein Geräusch, das in mir das Bild von jemandem hervorrief, der gegen eine Wand schlägt, was ja, so seltsam oder zwecklos es wirken mag, manchmal vorkommt: Einer verliert die Fassung und schlägt mit der Faust an die Wand, was genauso klingt wie der Schuttbrocken, der gegen die Mauer um die Freifläche prallte, nachdem die Katze sich auf die Ratte gestürzt und den Brocken beim Losspringen in Bewegung versetzt hatte.

10

Sind eine der Stärken des Gegners hohe Bälle und übertrifft er zudem die eigene Abwehr an Körpergröße, gilt es zu verhindern, daß er an die Stellen gelangt, von wo aus man erfolgreich zum Flanken ansetzen kann, damit es gar nicht erst zu hohen Bällen kommt.

11

Ein anderer Vorteil des Ford Falcon allen sonstigen Automodellen, egal welcher Marke, gegenüber war, daß weder der Motor laufen noch die Zündung eingeschaltet zu sein brauchte, damit das Radio ging. Da ich noch nicht vor den Zugängen zur Belgrano-Tribüne auf- und abgehen, sondern zunächst die Zeit damit verbringen wollte, mir den Rest des Spiels anzuhören, setzte ich mich ins Auto und stellte Radio Rivadavia ein.

So kalt, wie die Juninacht war, hätte ich ruhig ein wenig die Heizung anmachen können, aber dafür hätte ich den Motor einschalten müssen, und ich wollte weder sinnlos Benzin vergeuden noch ohne wirklichen Grund in der Gegend herumfahren, bloß weil ich ein bißchen fror. Außerdem hatte ich einen Pullover an und darüber eine dicke Lederjacke, die ich gut hätte brauchen können, als ich während meines Grundwehrdienstes ganze Nächte unter freiem Himmel Wache schieben mußte.

Es dauerte jedenfalls nicht lange, und die Fenster beschlugen. Ich widerstand der Versuchung, mit den Fingern ein Wort auf der Scheibe zu hinterlassen – wie man es als Kind, aber auch als Erwachsener noch so gerne macht –, rieb aber ebensowenig mit einem Tuch von innen über die Windschutzscheibe, um freie Sicht zu haben. Durch das beschlagene Glas wirkte die Straße noch mehr wie eine unterschiedlose Masse aus Schatten. Manchmal schien sich plötzlich einer der Schatten zu bewegen, geräuschlos den Ort zu wechseln; was gar nicht sein konnte, denn die Straße war ebenso menschenleer wie alle anderen, es war vollkommen ruhig, und daß sich da draußen etwas bewegen könnte, bildete ich mir zweifellos bloß ein, um so mehr, als die Scheibe durch das Aufeinanderprallen der Wärme von innen und der Kälte von außen eine irgendwie ungreifbare Konsistenz angenommen hatte.

12

Manndeckung ist zweifellos ein probates Abwehrmittel. Allerdings bedeutet Manndeckung auch, daß man die Gefährlichkeit der gegnerischen Angreifer per se anerkennt, was sich wiederum negativ auf das Selbstbewußtsein der Verteidiger auswirkt. Raumdeckung dagegen läßt zwar durchaus Lücken in der Abwehr zu, ermöglicht dafür aber weitgehende Kontrolle über das eigene Territorium. Die Abwehr bezieht ihre Stärke dann aus der Beherrschung eines Teils des Spielfeldes, der vom Gegner erst erobert werden muß.

13

Zehn Minuten vor Spielende stieg ich aus dem Wagen. Ich ließ mir Zeit und sah beim Gehen nach oben. Nach oben, dorthin, von wo aus eine Art himmlischer Stimme mich wissen lassen würde, daß wir endlich das erlösende Tor geschossen hatten.

14

Treffen zwei weitgehend gleich starke Mannschaften aufeinander, hängt die Entscheidung davon ab, wer für Standardsituationen über den besseren Schützen verfügt. Sollte sich, trotz so gut wie ausgeglichener Kräfteverhältnisse, dennoch ein Team durchsetzen und den Sieg erringen, dann dasjenige, dessen Freistoß- und Eckenspezialist den besseren Tag erwischt, wacher ist oder einfach das Glück auf seiner Seite hat.

Eins zu null

1

In ungeordneten Reihen löste sich die schweigende Menge auf. Eine lange Abfolge mit hängendem Kopf Einhergehender, die sich zwar die Tränen verdrückten, schließlich galt es, Mannhaftigkeit zu beweisen, die sich aber nicht aufraffen konnten, aufzusehen und sich zu unterhalten. Nichts als die über den Asphalt oder die Gehwege schlurfenden Sohlen war zu hören, denn keiner machte sich die Mühe, die Füße zu heben, die, indem sie über den Boden schleiften, auch die Papierfetzen und den übrigen Dreck mitschleiften, der wie an allen Spieltagen reichlich herumlag.

Lauter kummervolle Mienen. Vieltausendfache Trauer auf den ununterbrochen vorbeiziehenden bedrückten Gesichtern. Auch ich schwieg, versunken in den Anblick der endlosen Prozession der Enttäuschten: so viele Menschen, Tausende, und keiner sagte ein Wort.

2

Ich war bloß ein Soldat, ein Rekrut, und sobald das Jahr herum wäre, würde ich nicht mal mehr das sein. Trotzdem begriff ich – weil ich aufpaßte und genau hinsah –, daß alle, die sich irgendwie hervortaten und einen Namen machten, früher oder später den Neid und die Mißgunst der anderen auf sich zogen. So erging es vielfach auch Doktor Mesiano. Die ersten, die ihn scheel ansahen, waren seine Kollegen, mochten sie ihn auch weiterhin herzlich von gleich zu gleich behandeln. Schließlich waren sie Ärzte und Offiziere, da konnten sie ihm den Respekt nicht versagen, und auch den Anstand galt es zu wahren. Trotzdem, Doktor Mesiano wußte mehr und entschied über mehr als viele von ihnen, weswegen wohl nicht wenige bloß darauf warteten, daß ihm ein Fehler unterlief und er in Ungnade fiel.

3

Stumm vor Verzweiflung zogen die Abertausenden auf ihrem Rückweg an mir vorbei. Schlimmer als stumm: leise vor sich hin murmelnd. Um viele Münder spielte ein kaum wahrnehmbares Zittern, aber ohne daß diese Münder sich geöffnet hätten. So als beteten sie – aber sie beteten nicht, gebetet hatten sie zuvor, im Stadion, und genutzt hatte es nichts. Sie beteten nicht, denn sie hatten allen Glauben verloren: Sie konnten nicht glauben, was geschehen war, obwohl sie es mit eigenen Augen gesehen hatten, und sie würden auch nie mehr an etwas glauben können, das spürten sie. Im Munde trugen sie aber immer noch ihre Gebete, nutzlose Formeln, die sie mechanisch wiederholten, ohne jeden Sinn und Zweck.

4

Auch Doktor Padilla würde Doktor Mesiano gegenüber die Formen einhalten, schließlich waren sie in zweifacher Hinsicht Kollegen. Wie alle würde er ihm gegenüber die üblichen Höflichkeitsfloskeln gebrauchen und gute

Miene zeigen. Er würde ihn aus der Ferne herzlich grüßen lassen oder ihm freundlich die Hand schütteln, wenn er ihm persönlich gegenüberstünde. Fragen nach dem Befinden seiner Frau würde er unterlassen, im Fall von Doktor Mesiano wäre schließlich genau dies die Art und Weise, angemessen seine Anteilnahme zu bekunden. So hielt er es und so würde er es auch weiterhin halten. Sollte es jedoch aus irgendeinem Grund im Centro Malvinas in Quilmes Probleme geben, ernsthafte Probleme, würde Doktor Padilla nicht zögern, auf eine eventuelle Verantwortung Doktor Mesianos hinzuweisen; teils, um sich selbst zu entlasten und von Verantwortung freizusprechen, aber auch aufgrund des Grolls, der in ihm angewachsen war.

5

Die Überbringer der Nachricht waren sie nicht, alle hatten längst davon erfahren, der eine früher, der andere später. Wer das Geschehen nicht im Fernsehen verfolgt hatte, hatte es über das Radio mitbekommen, ich zum Beispiel. Dafür waren sie diejenigen, meine ich, die alles mit eigenen Augen gesehen hatten, die unmittelbaren Zeugen. Als ich sie niedergeschlagen und bedrückt aus dem Stadion kommen sah, mußte ich komischerweise denken, sie hätten etwas Unschuldiges und zugleich ganz und gar nicht Unschuldiges an sich.

Nur weil sie dabei gewesen waren, konnten sie noch lange nicht erklären, weshalb das Unvorstellbare geschehen war. Zu Hause oder in der Arbeit würde man in den nächsten Tagen eine Erklärung von ihnen verlangen; aber sie hatten keine. Und noch viel weniger hätten sie als Trost anzubieten: Zu Hunderten, Tausenden schlichen sie frierend durch die Dunkelheit, außerstande, sich auch nur untereinander Mut zuzusprechen.

Das einzige, was sie anzubieten hatten, waren Kummer und Enttäuschung. Damit kehrten sie in eine Stadt zurück, die selbst mehr als genug von diesem Kummer mit sich herumschleppte.

6

Doktor Mesiano sagte immer, »was wäre gewesen, wenn« sei eine sinnlose Fragestellung, wenn man sich mit Geschichte beschäftige. Worauf es ankomme, sei das, was tatsächlich geschehen ist, und nicht, was womöglich hätte geschehen können oder sollen. Deshalb weigerte er sich auch, darüber nachzudenken, was zum Beispiel gewesen wäre, wenn die Engländer seinerzeit nicht immer wieder zurückgeschlagen worden wären, oder wenn San Martín in Guayaquil Bolívar nicht den Ruhm überlassen hätte, oder wenn Urquiza Rosas in Caseros nicht besiegt hätte oder Mitre nicht Urquiza in Pavón.

Trotzdem sagte Doktor Mesiano dieses Mal, und widersprach damit seiner gerade beschriebenen Ansicht, daß der entscheidende Treffer nicht gefallen wäre, wenn an dem Abend Gatti statt Fillol im Tor gestanden hätte, Gatti postiere sich nämlich immer ein Stück davor, wie es auch richtig sei, und nicht unmittelbar auf der Torlinie wie Fillol.

7

Das Ganze glich einem endlosen Begräbniszug, so wie wenn manchmal, in seltenen Fällen, alle von der gleichen Trauer erfaßt werden – nur daß dieser Trauerzug kein Ziel hatte: Er erstreckte sich überallhin, verlief sich in alle Richtungen. Hätte man die Leute, die nach diesem Trauerspiel aus dem Stadion kamen, sich selbst überlassen, hätte sich herausgestellt, daß von ihrem Selbst nichts übrig war. Sie wären ziellos umhergelaufen, immer im Kreis, so wie die Gedanken manchmal ein unlösbares Problem umkreisen.

In diesem Fall jedoch verströmte ihre Unrast in geordneten Bahnen, dafür standen schließlich die Absperrgitter bereit und die Motorräder mit den helleuchtenden Scheinwerfern und die angespannt ruhigen Pferde: Alle zusammen zeigten sie an, wo es langging und wo nicht. Und so gelangten die aus dem Westen zum Zweiundvierziger, die aus Pacheco zum Fünfzehner und die aus La Boca zum Neunundzwanziger.

8

Eins war für mich immer klar: Zu einem Beruf gehört auch, unlösbar damit verbunden, daß man stolz auf diesen Beruf ist, und zu diesem Stolz gehört, daß man immer mit ganzem Einsatz bei der Sache ist. Das ist bis heute meine Meinung, auch wenn ich noch keinen Beruf habe (das werde ich aber: ich studiere Medizin), denn eindeutig hilft einem der Stolz auf den eigenen Beruf dabei, seine Pflichten um so effektiver zu erfüllen. Natürlich muß man, wenn man nicht nur auf eigene Rechnung arbeitet, also zum Beispiel keine Privatpraxis betreibt, sondern in einem größeren Verband tätig ist, sich darüber im klaren sein, daß bei einer Maschine alle Teile miteinander in Verbindung stehen, und dabei, wie bei jedem Motor, gibt es wichtigere und weniger wichtige Teile.

9

Doktor Mesiano, der gerne über Taktik und Strategie spekulierte, war nicht restlos überzeugt von der Meinung, der Abriß der Armensiedlung am Rand von Bajo Belgrano, der ohne jede Absprache erfolgt war, sich aber letztlich nicht hätte aufschieben lassen, könne einen Einfluß auf die Leistung René Housemans gehabt haben. Ebensowenig war er bereit, hierfür seine Theorie von der »Vertrautheit mit den örtlichen Gegebenheiten« aufzugeben, derzufolge von einem Menschen eine höhere Leistung erwartet werden konnte, wenn er in seiner angestammten Heimatregion zu Werke ging; deutlich höher als in Deutschland, zum Beispiel, wo ihm nahezu alles fremd ist. Wie dem auch sei, er neigte eher der Ansicht zu, Houseman sei an diesem Abend einfach zu spät eingewechselt worden, so habe er nicht ausreichend Zeit gehabt, zur gewohnten Form aufzulaufen.

10

Für einen ebenso schnellen wie geordneten Abtransport waren zusätzlich zahlreiche Schulbusse bereitgestellt worden, an denen man zu diesem Zweck Schilder angebracht hatte, auf denen in großen Buchstaben geschrieben stand:

»Retiro«, »Liniers«, »Constitución«. Von den Leuten, die sonst mit lauter Stimme die Zielorte ausriefen, war an diesem Abend nichts zu hören, sie waren genauso deprimiert wie wir alle. Die orangefarbenen Busse, die nur wenige Stunden später Dutzende tieftrauriger Kinder in die Schulen der Stadt bringen sollten, füllten sich nun mit Dutzenden nicht weniger trauriger Erwachsener. Die ernsten, abwesenden Mienen, die sie im Inneren dieser Busse zur Schau trugen, hatten etwas durch und durch Kindliches.

11

Die letzten, die ihre Begeisterung oder Hoffnung aufgaben, waren, selbst im größten Unglück, für gewöhnlich die Verkäufer von Argentinienfahnen. Es gibt keinen Grund anzunehmen, sie hätten – aus Eigennnutz – immer nur so getan, als freuten sie sich, denn niemand kann eine Argentinienfahne in die Höhe halten und dabei bloß Theater spielen oder eine Kosten-Nutzen-Rechnung aufstellen. Der Schmerz, den alle an diesem Abend empfanden, war jedoch so groß, daß auch die Fahnenverkäufer sich der Trauer ergaben und stumm zu Boden blickten.

12

Vor allem für Namen habe ich ein sehr gutes Gedächtnis. Trotzdem staunte ich immer wieder über die Fähigkeit Doktor Mesianos, ganze Listen historischer Persönlichkeiten aufzuzählen, vor allem von Gestalten, die mit der argentinischen Geschichte zu tun hatten beziehungsweise sich bereits in sehr jungen Jahren in der Politik oder im Krieg, sofern sich da ein Unterschied machen ließ, hervorgetan hatten. Damit wollte er zeigen, daß es nur zu oft vorgekommen war, daß ein Mensch, manchmal noch vor Vollendung seines zwanzigsten Lebensjahres, über sich hinausgewachsen war und seinem Land einen wertvollen Dienst erwiesen hatte. »Man darf die jungen Leute nicht vergessen«, war einer seiner Lieblingssprüche, und das galt erst recht an diesem Abend, als er, nach Aufzählung aller zu diesem Zweck memorierter Beispiele, zuletzt sagte: »Es war ein Riesenfehler, diesen Jungen nicht aufzustellen, diesen Maradona.« Bravo und Bottaniz erwähnte er mit keinem Wort, dafür wiederholte er nachdrücklich, daß es ein Riesenfehler gewesen sei, nicht auf die Jüngeren zu vertrauen und folglich diesen Jungen, Maradona, nicht aufzustellen. »Diesen Jungen, Maradona« sagte er, so als wollte er ihm, indem er seinen Namen aussprach, freundschaftlich auf den Rücken klopfen.

13

Was ist letztlich die Medizin? Ich studiere Medizin. Die Medizin ist eine Wissenschaft vom menschlichen Körper. Ein systematisches Wissen über den menschlichen Körper, das das eine Mal auf den Durchschnittskörper angewandt wird, auf das Normalmaß dessen, was man als den durchschnittlichen Körper betrachtet, andere Male dagegen richtet sich das Interesse auf die Grenzen des Körpers, auf den äußersten Punkt, an den ein Körper gebracht werden kann.

Eins ist klar: Hätte Doktor Padilla über hinreichende

Kenntnisse verfügt, um diese Grenze sicher bestimmen zu können, hätte ihm also sein Wissen erlaubt, den anderen auf professionelle Weise eine zuverlässige Richtschnur an die Hand zu geben – seien es nun zwei Monate, sechs Monate oder zwei Jahre –, wäre es überhaupt nicht nötig gewesen, sich an Doktor Mesiano zu wenden. Doch sie hatten es für notwendig gehalten, Doktor Mesiano um Rat zu fragen, und umgehend Antwort verlangt; und ebendeshalb war ich nun so verbissen auf der Suche nach ihm. Sie brauchten ihn. Was sie dazu zwang, ihm einen besonderen Status zuzugestehen. Er gehörte zu den Leuten, die in der Lage sind, ein medizinisches Problem zu lösen, zu einer Zeit, in der man es allerorten mit medizinischen Problemen zu tun hatte.

14

Manche sagten – ich habe es selbst gehört –, alle Gesichter in dieser Menge hätten gleich ausgesehen, ein Gesicht genau wie das andere, aber sie urteilten aus der Ferne, kamen nicht nah genug heran. Ich hatte sie bei der Ankunft gesehen, voller Hoffnung, jedes auf seine Art von Glück erfüllt. Der Kummer dagegen machte sie gleich. Im Schmerz und in der Sorge wurden sie einander ähnlich; die Trauer ließ sie alle gleich aussehen. Als sie niedergeschlagen den Heimweg antraten, verband sie ein und dieselbe Bitterkeit. Aber diese Bitterkeit reichte über sie hinaus, bemächtigte sich aller gleichermaßen; sie reichte über sie hinaus, über das Viertel, über die ganze Stadt hinaus, und war überall.

Die Gesichter dieser düster verwirrten Prozession glichen

einander. Auch mein Gesicht sah zweifellos nicht anders aus. Und dennoch, als ich schon endgültig die Hoffnung aufgeben wollte, entdeckte ich in dem entsprechenden Abschnitt wie durch ein Wunder auf einmal das strenge Gesicht Doktor Mesianos.

Zweihundertzwei

1

Merkwürdigerweise überraschte es ihn nicht, mich zu sehen. Er tat, als wären wir verabredet, als wäre es ganz normal, daß wir hier aufeinandertrafen. Neben ihm ging sein Sohn Sergio. Er hatte ihm den Arm um die Schulter gelegt, wahrscheinlich wollte er ihn trösten. Ich kannte ihn damals gut genug, um zu merken, wie verstört er war. Unsere Begegnung ereignete sich in der Calle Udaondo, wenige Meter von der Stelle, wo sie die Avenida Figueroa Alcorta kreuzt. Im Hintergrund sah man die von zwei Eisenarmen umklammerte große Plastikkugel. Mir fiel ein, daß sich eins der Drahtseile auf einmal gelöst hatte, als die fertig aufgeblasene Kugel in Position gebracht werden sollte, worauf sie vom Wind zum Fluß hin abgetrieben worden war. Der Polizei blieb nichts anderes übrig, als sie mit gezielten Schüssen vom Himmel zu holen. Über den Vorfall wurde nur mit großer Zurückhaltung berichtet, um kein schlechtes Bild von der Organisationsfähigkeit des Landes entstehen zu lassen. Anschließend mußte in aller Eile eine Ersatzkugel hergestellt werden, schließlich verlor das Symbol ohne sie jede Aussagekraft. Obwohl es immer dunkler wurde und auch im Stadion die Lichter ausgingen, hatte sich die Kugel einen eigenartigen Schimmer bewahrt, eine Art sanftes Leuchten vor dem undurchdringlichen Himmel.

2

Im Preis für ein normales Zimmer – die billigste Kategorie – war eingeschlossen: natürlich ein Bett; ein Spiegel- und Lampenset; neues TV-Gerät; Klimaanlage; drei Musikkanäle zur Auswahl; Standarddusche. Das Frühstück bestand aus Kaffee und Croissants sowie, auf Wunsch, Orangensaft.

3

»Doktor Mesiano«, sagte ich, »ich mußte Sie unbedingt finden, es ging nicht anders.«
Unwillkürlich hatte ich ihm die Hand auf den Arm gelegt.
»Ja«, sagte er, »das sehe ich.«

4

Doktor Mesiano war im Taxi zum Stadion gefahren, vom Zentrum aus. Um rechtzeitig da zu sein – und nicht aus Bequemlichkeit oder Wichtigtuerei – hatte er an den Stellen, wo die Polizei Durchfahrtsperren errichtet hatte, um den Verkehr in der Umgebung des Stadions in geordnete Bahnen zu lenken, seinen Dienstausweis vorgezeigt und sich so eine Ausnahmegenehmigung verschafft. Jetzt, nach dem Spiel, war der Verkehr wieder überall freige- gegeben, aber es war gar nicht so einfach, ein Taxi zu bekommen. Die wenigen, die die Avenida del Liberta- dor entlangfuhren, waren alle besetzt. So gesehen war es durchaus ein Glücksfall, daß ich auf einmal vor den bei- den stand – nur wenige Querstraßen entfernt wartete der

Ford Falcon. Doktor Mesiano schien daran jedoch nichts Besonderes zu finden, er tat, als wäre das ganz normal oder nicht der Rede wert.

5

»Doktor Mesiano«, sagte ich noch einmal, »die Sache ist leider ziemlich eilig.« Daß es »um Leben oder Tod« gehe, wollte ich nicht sagen, das war eine bloße Redensart, die nichts bedeutete, ein Blödsinn. »Sonst hätte ich nicht gewagt, sie aufzusuchen«, fügte ich hinzu.

»Das denke ich mir«, antwortete Doktor Mesiano. »Das denke ich mir.«

6

Im Preis für ein Spezial-Zimmer waren eingeschlossen: natürlich ein Bett; ein Spiegel- und Lampenset; neues TV-Gerät; Klimaanlage; drei Musikkanäle zur Auswahl; neues Bad mit Schottischer Dusche. Zum Spezial-Frühstück gehörten: Kaffee, Schinken-Käse-Toast und wahlweise Orangen- oder Grapefruitsaft.

7

Allmählich leerten sich die Straßen. Ich zeigte, in welcher Richtung ich den Wagen geparkt hatte, und bot an, vorzugehen und ihn zu holen. Die anderen konnten auf mich warten, dann ersparten sie sich den Weg bis dorthin, obwohl es ihnen in einer solchen Nacht vielleicht gar nicht unrecht war, ein Stück zu Fuß zu gehen. Aber Doktor

Mesiano hatte eine andere Idee. Er sagte, wir sollten noch ein Stück die Calle Udaondo hinuntergehen. Nach und nach verschwanden die Spuren der großen Begegnung. Im gleichen Maß traten andere Bestandteile der Stadt, die bis dahin unsichtbar gewesen waren, wieder in den Vordergrund. Ein eher dunkler Straßenabschnitt, an dem mir bei früheren Gelegenheiten nie etwas Besonderes aufgefallen war, beherbergte, hundert Meter voneinander entfernt, zwei so gegensätzliche Dinge wie eine Kirche und eine Nachtbar. Als wollte die Stadt einen an dieser Stelle zu einer schamlosen oder ironischen Haltung ermuntern. Die Kirche war selbstverständlich geschlossen; aber davor fegte der Priester den Gehweg, reinigte ihn von Papier, Fußspuren, zertretenen Zigarettenstummeln, Glasscherben – für die Messe am nächsten Morgen sollte der Eingang schön sauber sein. Dabei dachte er vielleicht schon über die Predigt nach, die er bei dieser Messe halten würde, das mechanische Hin und Her mit dem Besen half ihm, die passenden Worte zu finden. Vorstellbar war, daß er die Gläubigen unter den gegebenen Umständen an ihre Pflicht erinnern würde, nie die Hoffnung zu verlieren, worauf er die geballten Fäuste vor den ihrerseits zusammengekniffenen Augen aneinanderlegen würde, um der Einheit aller Argentinier lautstark seinen Segen zu erteilen.

Genau um diese Uhrzeit öffnete die Bar, und sobald das nicht dazu passende Publikum endgültig verschwunden war, kam der Moment, in dem die Samstagnacht ihr einen bescheidenen Glanz bescherte. Nach außen erstrahlte sie in einem sanft violetten Schimmer, im Inneren wurde die Luft dichter und dichter von Rauch und künstlicher Wärme.

8

»Doktor Mesiano«, sagte ich und schloß zu ihm auf, aber ohne daß es mir gelang, ihn dazu zu bringen, stehenzubleiben und mich anzuhören. »Doktor«, sagte ich, »heute nachmittag hat uns eine Anfrage an Sie erreicht, und es wurde darum gebeten, umgehend zu antworten.« Doktor Mesiano sagte: »Das große Problem hierzulande ist die Ignoranz.« Ohne besonderen Nachdruck versuchte ich es mit den Worten: »Ein Arzt ist immer im Dienst.« Er gab mir recht: »Ganz richtig.« Doch dann widersprach er sich selbst: »Zuerst müssen wir aber diese Scheißnacht hinter uns bringen.«

9

Doktor Mesiano entschied, daß wir alle drei Whisky trinken sollten, und zwar ausländischen Whisky. Er stellte klar, daß es darum ging, die Nacht rumzubringen, koste es, was es wolle. Immerhin durfte jeder selbst entscheiden, ob er den Whisky mit oder ohne Eis trank. Er nahm Whisky mit Eis. Ich ohne. Sergio, schien mir, hatte diesbezüglich, vielleicht aus mangelnder Erfahrung, keine speziellen Vorlieben. Er bestellte Whisky ohne Eis, wahrscheinlich wollte er es mir nachtun oder sich jedenfalls von seinem Vater absetzen.

10

»Doktor Mesiano«, sagte ich, »in einem Fall wie diesem kann sich von einem Moment zum anderen schlagartig alles ändern.« Er zuckte die Achseln und sagte: »So ist es immer im Leben.« Ich sagte: »Es muß eine Entscheidung getroffen werden, Sie als Arzt sind hier gefragt.« Er sagte: »Das Problem hierzulande ist die Ignoranz.« Ich sagte: »Ich brauche Ihnen wohl kaum zu erklären, was Pflicht heißt, das haben Sie mir schließlich beigebracht.« Er sagte: »Allerdings brauchen Sie das nicht.« Ich sagte: »Trotzdem tue ich meine Pflicht und erkläre hiermit, daß ich nicht gekommen wäre, wenn ich es nicht für dringend angebracht gehalten hätte.« Er nickte, sagte aber: »Zuerst müssen wir diese Scheißnacht hinter uns bringen.«

11

Im Preis für ein Extra-Spezial-Zimmer waren eingeschlossen: ein hochmodernes drehbares Bett; ein Spiegel- und Lampenset, aber mit beweglichen Spiegeln; neues TV-Gerät; Klimaanlage; drei Musikkanäle zur Auswahl; neues Bad mit Schottischer Dusche, Massagedusche, Marmorbadewanne, Schaumbad. Dazu kam das Spezial-Frühstück (Kaffee, Schinken-Käse-Toast, wahlweise Orangen- oder Grapefruitsaft) und zur Begrüßung eine angemessen gekühlte Flasche Champagner, *Cin cin!*

12

Doktor Mesiano steckte einen Finger in sein Glas, rührte um und brachte die Eiswürfel langsam zum Kreisen. Das erinnerte ihn an eine Anekdote aus seiner Studienzeit. Es war bei einer Vorlesung, in der Universität; ein

Professor mit Nachnamen Berti dozierte in der Mitte eines kreisförmigen Hörsaals, hinter ihm eine ramponierte Tafel, vor ihm ein Leichnam, bäuchlings auf einem Tisch ausgestreckt. Professor Berti begann mit einem grundlegenden Hinweis: »Zwei Dinge braucht es für einen guten Arzt: Entschlußkraft und Beobachtungsgabe.« Hierauf rief er: »Entschlußkraft!« und steckte einen Finger in den Po der Leiche. Dort ließ er ihn, sah auf und blickte in die Runde. Dann zog er den Finger wieder heraus, hob ihn in die Höhe und schob ihn sich anschließend in den Mund, um – wer hätte das gedacht? – genüßlich daran zu saugen. Die Studenten gaben sich alle Mühe, weder das Gesicht zu verziehen noch ihrem Ekel akustisch Ausdruck zu verleihen. Nichts unterschied einen Körper von anderen Dingen. Nach der kurzen Aktion deutete Professor Berti auf einen der Studenten aus den unteren Sitzreihen: »Frenkel! Treten Sie vor!« Zögerlich stieg Frenkel die Stufen des Hörsaals hinab und näherte sich dem Podest. Professor Berti befahl: »Jetzt tun Sie das gleiche wie ich.« Ein Raunen ging durch den Hörsaal, der Professor bat um Ruhe. In der vergeblichen Hoffnung auf Beistand sah Frenkel seine Kommilitonen an, vielleicht versucht, alles stehen und liegen zu lassen und sich davonzumachen. Schließlich gab er sich einen Ruck: Er trat zu der Leiche auf dem Tisch, krempelte sich den Ärmel hoch und schob dem Toten, selbst totenblaß, einen Finger in den Hintern. Dabei beließ er es eine Weile, offenbar schien es ihm das kleinere Übel, den Finger dort stecken zu lassen, vor allem, wenn man bedachte, was danach kam. Aber es half alles nichts, was er begonnen hatte, mußte er auch mit größtmöglichem Anstand zu Ende

bringen. Also zog er den Finger aus dem Hintern des Toten, steckte ihn sich – um nicht zuletzt noch einen Rück-
zieher zu machen – ohne ihn eines Blickes zu würdigen
hastig in den Mund und saugte sogleich heftig daran wie
sonst bloß an einer wirklich guten Zigarre. Anschließend
fühlte er sich merkwürdig befriedigt, während eine selt-
same Mischung aus Ekel und Bewunderung den Raum
erfüllte.

»Sehr gut«, sagte Professor Berti. »Unser Freund Frenkel
hat wirklich Entschlußkraft bewiesen.« Frenkel senkte
scheinbar bescheiden den Kopf. »Dafür«, fuhr Doktor
Berti fort, »mangelt es ihm an Beobachtungsgabe.« Und
er schloß mit den Worten: »Diesen Finger hatte ich hin-
eingeschoben. Gelutscht habe ich an dem hier.«

13

»Doktor Mesiano«, sagte ich, »ich hätte liebend gern bis
morgen gewartet, aber die anderen haben immer wieder gesagt, es sei sehr dringend.« Doktor Mesiano sagte:
»Heutzutage ist alles dringend.« Ich sagte: »Die anderen
haben mich gewarnt, wenn ich mich nicht beeilen würde,
könne die Sache Folgen haben.« Er sagte: »Beruhigen Sie
sich, ich mache Ihnen doch gar keinen Vorwurf. Das einzige, was ich verlange, ist, daß Sie endlich den Mund halten.« – »Jawohl, Doktor Mesiano«, sagte ich. Und er sagte:
»Ich weiß, was ich zu tun habe.«

14

Jede der Exklusiv-Suiten hatte eine Spezialeinrichtung. Insgesamt gab es drei davon. Die erste war auf Filmstudio getrimmt: Wie an einem richtigen Set standen dort Scheinwerfer, Kameras und ein Regisseurstuhl. Die zweite sollte eine Jagdszene darstellen, mit lauter künstlichen Pflanzen, über die Wände verteilt mehreren Tiger- und Leopardenfellen und einem Gewehr mit Zielfernrohr (das Gewehr war nur ein Spielzeuggewehr, das Zielfernrohr dagegen war echt). Die dritte Suite war ein Fitnesstudio: Überall lagen Hanteln und andere Trainingsgeräte herum, außerdem gab es ein Trimmrad, und in der Ecke hing einer von diesen Sandsäcken, an denen sich die Boxer austoben können.

15

»Ich bin gleich wieder da«, sagte Doktor Mesiano. Er stand auf und ging zur Theke. Dort ließ er sich das Telefon geben und wählte eine Nummer. Solange er sprach, wurde die Musik leiser gestellt. Daran sieht man, wie sehr man ihn hier respektierte und schätzte.

Am Tisch wurde es still. Weil ich das nicht lange aushielt, fragte ich Doktor Mesianos Sohn: »War's schlimm bei dem Spiel? Hätten wir nicht ausgleichen können?« – »Keine Ahnung«, sagte er. »Ich mag Fußball nicht, und ich versteh nichts davon.«

16

Ein- und Ausgang befanden sich an verschiedenen Straßen. Die Anlage verfügte über ein neuartiges elektronisches Schließsystem. Die Zufahrt war nur für Autos gedacht, daß Gäste nicht mit dem Auto kommen sollten, konnte sich niemand vorstellen.

Die Jungen aus dem Viertel hatten sich lästigerweise angewöhnt, in der Nähe herumzulungern, um auszuspähen, welche Liebespärchen dort verkehrten. Der Geschäftsführer des Betriebs, ein Mann mit Namen Oscar, sorgte dafür, daß sie ein für allemal verschwanden. Eines Nachts ging er vor die Tür und ließ alle Welt sehen, daß er eine Pistole am Hosenbund trug, worauf sich keiner der Jungen aus dem Viertel mehr dort blicken ließ.

17

Doktor Mesiano kam zum Tisch zurück und gab uns mit verschwörerischer Miene ein Zeichen. »Da sind die Mädchen.« Gemeint waren drei nicht mehr ganz junge Frauen; keine von ihnen hätte ich als Mädchen bezeichnet. Sie merkten, daß wir zu ihnen hinsahen, und lächelten. Nur eine der drei fand ich nicht ganz und gar häßlich, aber das war nicht die, die ich abbekam.

Zuerst mußten wir sie auf etwas zu trinken einladen. Alle drei bestellten Cointreau – sie sprachen den Namen so gern aus, das merkte man.

18

Doktor Mesiano sagte: »Das Problem hierzulande ist die Ignoranz. Aber nicht die Ignoranz der Ignoranten. Mit der muß man rechnen, die gehört dazu. Das Problem hierzulande ist die Ignoranz der Studierten, der Leute, die eigentlich etwas wissen müßten.«

19

Ich bekam das, was als Standard-Zimmer bezeichnet wurde. Aber ich konnte mich wirklich nicht beklagen, und das mit dem geschenkten Gaul vergesse ich sowieso nie. Das Zimmer hatte die Nummer zweihundertzwei. Eine Schnapszahl. Das hielt ich für ein gutes Vorzeichen, und in gewisser Hinsicht war es das auch.

Fünf

1

Er sieht nicht wie ein Ehemann aus und sie nicht wie eine Ehefrau; aber er ist der Ehemann und sie die Ehefrau, und nur der Freund, der zu Besuch kommt, sieht aus wie ein Freund auf Besuch. Vielleicht ist dieser Freund auf Besuch zu früh gekommen, oder der Ehemann hat sich verspätet; das spielt aber ohnehin keine Rolle. Wichtig ist, daß die beiden warten müssen und daß es sehr sehr heiß ist. Bei solchen Gelegenheiten rückt auf einmal, was sonst quasi unerreichbar scheint, in allernächste Nähe. Sie müssen eine Art plötzlichen Impuls verspüren, andererseits scheint sich ihrer aber überhaupt kein Impuls zu bemächtigen; die Ehefrau und der Freund des Ehemanns, der immer noch nicht da ist, schreiten viel zu selbstverständlich zur Tat, man hat nicht den Eindruck, daß sie sich von etwas Übermächtigem hinreißen lassen. Eher fügen sie sich merwürdig willenlos ihrem Schicksal: Sei's drum, es geschehe, was geschehen muß. So willenlos oder automatisch, als wäre es bloße Routine, sitzt sie plötzlich auf ihm. Der Freund des Ehemanns möchte überrascht wirken, nicht nur der Ehefrau seines Freundes gegenüber, sondern überhaupt, denn genau das würde man in dieser Situation von ihm erwarten: daß er überrascht ist. Aber auf seinem Gesicht zeigen sich Widerwillen und Empfindungslosigkeit und verdrängen die angebliche Überraschung.

Auch das Eintreffen des Ehemannes soll eine Überraschung für die beiden sein, obwohl es genaugenommen zu erwarten war, und um so größer soll natürlich die Überraschung des Ehemanns angesichts des Bildes sein, daß sich ihm beim Betreten des eigenen Wohnzimmers bietet.

»Wie ich sehe, habt ihr euren Spaß«, sagt er.

Er wird gleich zweifach betrogen, aber die Wut ist nur von kurzer Dauer. Die reichlich argentinische Lösung besteht für den Ehemann darin, der Frau alle Schuld zu geben.

»Jetzt kriegt sie, was sie verdient, die Schlampe«, sagt er.

Der Ehemann wirkt immer noch ein wenig unbeteiligt, als er sich dem Spektakel anschließt und damit eine Freundschaft besiegelt.

2

Die, die ich abbekam, hatte einen auffälligen Tick am Mund, eine ganze Weile starrte ich wie gebannt auf die Stelle, wo sich ihre Lippe immer wieder ohne nachvollziehbaren Grund verzog. Dann fing sie an, ständig zu lachen, so übertrieben wie die Gründe, die sie angeblich zum Lachen brachten; wenigstens merkte man wegen der Grimassen, die sie beim Lachen machte, das mit dem Tick nicht mehr.

»Wie heißt du?« sagte ich. Wäre ich ihr zufällig draußen auf der Straße begegnet, hätte ich sie nicht geduzt, glaube ich, aber hier drinnen ging es gar nicht anders. »Sheila«, sagte sie. »Nein«, sagte ich, »ich meine, wie du wirklich heißt.« – »Ich heiße Sheila, wirklich«, sagte sie.

»Ich meine aber deinen richtigen Namen«, sagte ich. »Ich heiße Sheila«, sagte sie, »ich habe keinen richtigen Namen.«

3

»Der haben wir's gezeigt, das wird sie nicht so schnell vergessen, die Drecksnutte«, sagt der Ehemann.
Hinter ihm befühlt die Ehefrau stöhnend ihren Körper.
»Wenn sie irgendwann glaubt, sie kann die Lektion vergessen, wird ihr Körper sie schon wieder dran erinnern«, sagt der Freund.

4

Straße reihte sich an Straße, Haus an Haus, wer wäre da auf die Idee gekommen, es mit verschiedenen Städten zu tun zu haben? Avellaneda, Banfield, Quilmes, Lanús, Gerli, Remedios de Escalada: ohne wahrnehmbare Grenzen oder Trennlinien gelangte man von einem Ort zum anderen, so als bewegte man sich die ganze Zeit durch ein und dieselbe Stadt. Als handelte es sich um bloße Stadtviertel und nicht um lauter einzelne Städte. Aber wer dazugehört, weiß Bescheid, er weiß genau, daß eine bestimmte Avenida die Grenze zwischen zwei höchst unterschiedlichen Orten markiert und daß es nicht egal ist, ob man diesseits oder jenseits der betreffenden Avenida zur Welt gekommen ist, so wie es auch nicht egal ist, ob man diesseits oder jenseits einer bestimmten Eisenbahnstrecke zur Welt gekommen ist.
Doktor Mesiano stammte nicht aus dieser Gegend, aber

er wußte sehr wohl Bescheid. Auch ohne dort zu leben oder gelebt zu haben – für ihn war das nicht nötig –, ließ er sich keineswegs dazu verleiten, all diese Orte einfach als ein und dieselbe Vorstadt zu betrachten, als einen einzigen ununterscheidbaren Außenbezirk. Der entscheidende Grund dafür war in seinem Fall die Aufteilung in Verwaltungseinheiten: daß eine Stadt aus mehreren Einzelstädten bestand oder auch aus unterschiedlichen Vierteln, spielte für ihn keine Rolle; sehr wohl eine Rolle spielten für ihn die unterschiedlichen Gerichtsbarkeiten, denn zu jeder Gerichtsbarkeit gehörte eine Amtsbefugnis und zu jeder Amtsbefugnis eine juristische Verantwortlichkeit.

Es lag also an den Gerichtsbarkeiten, daß die Ereignisse sich innerhalb eines geordneten Rahmens abspielten. Nichts dessen, was geschah, blieb von dieser Ordnung unberührt, alles bezog hieraus seine Bedeutung.

5

Hier war alles reine Dekoration, nur der Körper nicht, den die nackte Frau darbot. Nur der nackte Körper nicht, der sich in ganzer Länge zur Verfügung stellte. Ein nackter Körper, der sich ohne jede Scheu hingab. Trotzdem war es unmöglich, irgend etwas Wahres von diesem nackten Körper, dieser nackten Frau zu erlangen. Man konnte mit diesem nackten Körper anstellen, was immer man wollte, außer ihn zu einer unbezweifelbar eindeutigen Äußerung bringen, die frei von Verstellung und Schauspielerei war.

6

Auf den ersten Blick lösten lauter gleiche Landschaften
einander ab, aber der Eindruck täuschte. Jeder Bereich
der Vorstadt hatte seine eigenen Felder und Freiflächen,
seine eigenen Zentren, Schlaglöcher, seinen eigenen Platz
auf der Landkarte. Allerdings keine Landkarte, die man
einfach zusammenfalten und im Handschuhfach verstau-
en konnte, sondern eine Karte, die jemand wie Doktor
Mesiano, der etwas von Ordnung verstand, jederzeit im
Kopf hatte.

7

Sie wollte zu verstehen geben, daß sie mir etwas ganz
Besonderes zukommen ließ; deshalb sagte sie, ich – aber
nur ich – könne bitten, worum ich wolle. Sie ließ durch-
blicken, daß nicht jeder Anspruch auf diese Sonder-
behandlung hatte, denn sie fügte zur Erklärung hinzu:
»Weil du es bist.« Da sagte ich, ich wolle nur eins: Sie
solle sich nicht verstellen. Sie lachte, musterte mich von
Kopf bis Fuß und sagte: »Bei dir brauch ich das doch
nicht.« Ich hätte ihr gerne geglaubt, aber ich konnte nicht.

8

Ahnungslos wie ich war, wußte ich gerade einmal, daß
Quilmes nicht nur eine Ortschaft im Süden ist, sondern
auch eine Fußballmannschaft mit schwarz-weißen Tri-
kots und außerdem eine Biersorte, die die meisten besser finden als Bieckert-Bier. Doktor Mesiano kannte darüber hinaus auch die Geschichte. Die Quilmes-Indianer

waren ein Stamm aus dem Norden, den man gezwungen hatte, sich – zu Fuß – in diese damals unbesiedelte Gegend zu begeben. Mit dem dort herrschenden Klima kamen sie überhaupt nicht zurecht, ähnlich feuchtkalte Winter hatten sie nie erlebt. Zu dem Kummer hierüber kamen die Strapazen des langen Fußmarsches, der ihnen schlimm zugesetzt hatte. Wegen alldem gingen die Quilmes-Indianer zugrunde, ausnahmslos. Die Stadt aber trägt bis heute ihren Namen, damit er nicht völlig in Vergessenheit gerät, und dieser Name ging von der Stadt auf die Biermarke und von der Biermarke auf den Fußballverein über – daß jemand den Namen noch nie gehört hatte, war also so gut wie unmöglich.

9

Am liebsten wäre es mir gewesen, dann eben alles als falsch betrachten zu können, ohne Ausnahme. Aber so war es offenbar auch nicht. Das, was geschah, war teilweise wahr und teilweise falsch, auch wenn der wahre Anteil klein und der falsche Anteil groß war; allerdings hätte ich nicht sagen können, welches der wahre und welches der falsche Anteil war, wo welcher Anteil anfing beziehungsweise aufhörte. In welchem Ausmaß ich auch über den Körper dieser schwer greifbaren Frau verfügen mochte: Seine Wahrheit, falls er eine besaß, entzog sich mir.

10

»Die Teile und das Ganze«, wie Doktor Mesiano immer
sagte. Die Karte trennte und unterschied bestimmte Gebiete, wies ihnen unverwechselbare Namen und Grenzen zu, vereinigte die einzelnen Gebiete aber auch und
setzte sie in Beziehung zueinander. Deshalb war es so
wichtig, daß es Leute wie Doktor Mesiano gab, die befugt
waren, sich zwischen den verschiedenen Gebieten hin
und her zu bewegen, denn so konnten sie nicht bloß un-
terschiedliche Orte aufsuchen, sondern auch Verlegungen organisieren.

Nach Doktor Mesianos Ansicht waren Verlegungen von
grundlegender Bedeutung für das Funktionieren des Systems, und das war auch die Lehre, die er aus der Geschichte der Quilmes-Indianer zog; eben diese Geschichte
ließ er gerade Revue passieren, denn unser Ziel in diesem Moment hieß ja Quilmes.

11

Es ist ein Weg, der sich in sanften Kurven dahinschlän-
gelt, bald ansteigend, bald abfallend; das vor uns liegen-
de Stück erstreckt sich jedoch strikt geradeaus. Zu beiden
Seiten erheben sich ungleichmäßige Baumreihen; entsprechend ungleichmäßig ist der Schatten, den sie spen-
den – wie man sieht, schien dieser Schatten keinem der
Ortsansässigen ausreichend, um ein Haus am Wegesrand
zu errichten. Es lebt hier also niemand, und es kommt
im Prinzip auch niemand hier vorbei. Doch da zeichnet
sich unversehens in der Ferne eine Silhouette ab. Es dau-
ert eine Weile, bis wir begreifen, weshalb sie sich aus-

gerechnet in dieser und keiner anderen Geschwindigkeit vorwärts bewegt: zu langsam für ein Auto, zu schnell für einen Fußgänger. Es handelt sich um ein Mädchen auf einem Fahrrad. Ihrer Kleidung nach zu urteilen, ist sie noch recht jung; nur ein leiser Lebensüberdruß, der sich ihrem Blick entnehmen läßt, widerlegt diesen Eindruck. Zweifellos verschaffen ihr die Strecken, wo es bergab geht, das Glücksgefühl müheloser Beschleunigung; dort, wo es bergauf geht – was keineswegs seltener der Fall ist –, muß sie sich dafür anstrengen, was ihre ganze Kraft fordert. Deshalb ist sie auch rot im Gesicht und brummelt unzufrieden vor sich hin. Die größte Hürde steht ihr jedoch erst noch bevor. Sei's eine Glasscherbe, sei es ein spitzer Stein, sei es ein Nagel, der, wie auch immer, dorthin gelangt ist – etwas bohrt sich in ihr Hinterrad. Das Mädchen hält an und steigt ab. Leise fluchend beklagt sie ihr Pech und stellt sich selbst die Frage, ob auf einem so einsamen Weg wohl Hilfe erwartet werden kann.

Kaum gesagt, hört sie von ferne das Motorengeräusch eines Lastwagens. Ist es Täuschung oder ein Glücksfall? Ein Glücksfall, in der Tat: ein Lastwagen kommt angefahren. Sie gibt unmißverständliche Zeichen und der Lastwagen hält am Wegesrand. Es ist ein Militärlaster mit vier Mann an Bord (fünf, wenn man den am Steuer dazuzählt, und man muß ihn dazuzählen). In aller Unschuld – das heißt, in aller Unschuld, deren sie fähig ist – legt das Mädchen schluchzend seine Lage dar. Die fünf Soldaten sehen sie an; anschließend sehen sie sich gegenseitig an. Aber gerne helfen sie ihr bei der Reparatur des Fahrrads, sagen sie. Wie wir sehen, sind auch sie jung an Jahren und dazu reichlich verschwitzt. Das Problem, so sehen sie es, ist nicht allzu gravierend. Aber klar doch nehmen sie das Mädchen bis zur nächsten Tankstelle mit, die gerade einmal zehn Minuten entfernt ist, dort wird es ein leichtes sein, den Reifen flicken zu lassen.

»Aber vorher«, sagt einer, »können wir noch ein bißchen hierbleiben und uns amüsieren.«

Die einzige, die die böse Absicht, die überdeutlich in dem Satz steckt, nicht bemerkt – offenbar nicht bemerkt –, ist das Mädchen. Niemand braucht es ausdrücklich zu sagen, wir sind uns auch so im klaren darüber, daß diese jungen kräftigen Kerle schon lange keine Frau mehr zu Gesicht bekommen haben. Zugleich sollen wir glauben, daß das Mädchen mit dem Fahrrad in seinem kurzen Leben noch mit keinem Mann nähere Bekanntschaft gemacht hat, so sehr sie untergründig etwas ausstrahlt, was einen vom Gegenteil überzeugen möchte.

Abseits des Weges, am Ende einer Reihe windgebeugter Bäume, ist eine Lichtung. Zu dieser Lichtung kommen die sechs Figuren dieser Geschichte.

»Ein Picknick? Au ja, das macht Spaß!« Das Mädchen ahnt offenbar nicht, was ihr bevorsteht. Doch irgend etwas an ihrem naiven Gesichtsausdruck stimmt nicht, da kann sie noch so unschuldig und unwissend tun. Die Soldaten stellen sich um sie herum und stieren sie lüstern an. Sie macht wieder ein bekümmertes Gesicht, so wie in dem Moment, als sie feststellen mußte, daß ihr Reifen platt war.

»Den Weg zur Tankstelle finde ich auch allein«, sagt sie, »lassen Sie mich gehen.«

12

Bahnhöfe bezeichnen wie Marksteine die Stelle, an der sich ein Ort oder eine Stadt tatsächlich befinden, zugleich aber hat sich von ebendieser Stelle die jeweilige Stadt ursprünglich ausgebreitet, liegt hier ihr Strahlungszentrum. Vom Zug aus läßt sich allerdings nicht erkennen, wo genau diese Strahlen beginnen beziehungsweise enden. Doktor Mesianos System jedoch ließ keinerlei Unklarheiten zu. Die Grenzen egal welches Gebietes – was so viel hieß wie: die Grenzen seiner Gerichtsbarkeit –, mußten mit größtmöglicher Genauigkeit bestimmt sein, denn für die Entscheidungsgewalt wie für die Verantwortlichkeit galt das gleiche, was man gemeinhin von der Freiheit sagt: daß die des einzelnen dort endet, wo die des anderen beginnt.

Vielleicht fuhren wir deshalb nie mit der Bahn; ob über Mitre oder über Pavón, hin und zurück beförderte uns in jedem Fall der Ford Falcon. Gab es etwas zu transportieren, konnten wir auf einen F 100 zurückgreifen – in einem Werbespot war zu sehen gewesen, daß man die sogar aus einem Flugzeug abwerfen konnte: Sie gingen einfach nicht kaputt! Eine andere Möglichkeit waren riesige Mercedes-Laster, aber so einen durfte ich nie fahren.

13

Keuchend sagte sie, noch nie sei es ihr so gekommen wie mit mir. »Du lügst«, sagte ich. Sie sage die Wahrheit, nichts als die Wahrheit, schwörte sie; beim Leben ihrer Mutter, schwörte sie, was sie sage, sei die Wahrheit, nichts als die Wahrheit. »Du lügst«, sagte ich.

14

Zwei Soldaten halten sie an den Händen, zwei an den Füßen. Sie wehrt sich eine Weile, sieht aber bald ein, daß es keinerlei Fluchtmöglichkeit für sie gibt. Kaum zu glauben, wie einfach sich ihr die Kleider vom Leib streifen lassen: ein paar rasche Handgriffe, und sie ist nackt. Niemand braucht uns zu erklären, daß dieser Körper hier vor unseren Augen keinen echten Widerstand leisten würde, auch wenn das Mädchen die Soldaten immer noch anfleht, sie gehen zu lassen.

Die Szene spielt unter freiem Himmel, die Sonne fällt unmittelbar auf die nackten Körper. Im Hintergrund hört man ländliche Geräusche. Die Straße ist ziemlich weit weg, wenigstens macht sie aus der Ferne durch nichts auf sich aufmerksam. Sie sind völlig allein, ganz unter sich, hier an diesem rustikalen Fleckchen Erde, nur die Frau und die Soldaten.

Ihre Vorgehensweise birgt keine Überraschungen, dafür ist sie um so effizienter: Vier Mann sind damit beschäftigt, die Extremitäten des Mädchens zu umklammern; wer übrig bleibt, macht sich über sie her. Anschließend kommt es zu einer einfachen oder auch nicht ganz so einfachen Variante: Drei halten sie fest, im Vertrauen darauf, daß eine freie Hand oder ein freies Bein allein ihr auch nicht helfen werden; währenddessen treiben es die restlichen zwei gleichzeitig mit ihr.

Hin und wieder bekommen wir das Gesicht des Mädchens zu sehen, in Nahaufnahme, wie alles andere auch. Vielleicht sträubt sie sich immer noch, vielleicht auch nicht. Ihr Gesicht hat etwas Ausdrucksloses, unmöglich, mit Gewißheit zu sagen, ob sie bei der Prozedur weiterhin leidet oder sich erste Anzeichen eines gegenteiligen Gefühls bemerkbar machen. Aber darum geht es bei dieser Geschichte natürlich nicht so sehr.

15

Sie hatte gesagt, weil ich es sei, könne ich von ihr verlangen, was ich wolle. Da sagte ich, sie solle so tun, als ob. Zuerst verstand sie nicht. Ich band sie mit zwei Strümpfen und zwei Präservativen am Bett fest. Richtig fest: Sie konnte sich nicht rühren. Ich sagte, sie solle so tun, als wollte sie nicht. Sie solle so tun, als fände sie es schrecklich, ganz furchtbar. Sie solle ernsthaft versuchen sich von den Fesseln zu befreien. Dabei wußte ich, daß sie das nicht schaffen würde, selbst wenn sie wollte.

So war es auch: Sie wollte, konnte aber nicht.

Sie wimmerte: »Du tust mir weh.« Und danach hatte ich, ich muß es zugeben, meine beste Nacht. Die Nacht mit der Traumzahl. So oft hintereinander hatte ich es noch nie geschafft, und noch einmal schaffe ich das wohl auch nicht.

16

Es ist wirklich ein Rätsel, da haben sie ihr zuerst die Kleider zerfetzt, und jetzt erscheint sie wieder genau so angezogen wie zu Beginn. Sie verfrachten das Mädchen auf die Ladefläche des Lasters. Dort legt sie den Rest der Reise zurück – bis zur Tankstelle, wie wir annehmen dürfen –, neben sich das kaputte Fahrrad.

»Jetzt wird gleich der Reifen geflickt«, überlegt sie laut.

»Aber so wie die mich durchgefickt haben – wer soll das jemals wieder flicken?«

17

Sie stöhnte, aber ich fand es gespielt, ich nahm es ihr nicht ab; als sie jedoch seltsam zu zittern anfing und schrie: »Du bringst mich um, kleiner Soldat, du bringst mich um, merkst du's nicht, mein kleiner Soldat, du bringst mich um!«, da fing ich tatsächlich an, ihr zu glauben.

18

»Eine Bundesrepublik, schön und gut, aber durchgesetzt haben sich hierzulande die Zentralisten«, lautete einer von Doktor Mesianos Sprüchen. Deshalb sagte er auch, als wir jetzt Richtung Süden fuhren: »Quilmes, schön und gut, aber davor kommt La Plata, und vor La Plata kommt unsere Hauptstadt.«

Ohne Nummer

1

Am Horizont waren die ersten, noch kaum von der Dunkelheit ringsum unterscheidbaren Anzeichen zu bemerken, daß es bald hell werden würde. Zum Rhythmus der vorüberziehenden Straßenlaternen sah ich im Rückspiegel wieder die zuckende Lippe der Frau, die mir zugefallen war. Ihr Tick schien ausgeprägter als zuvor.

2

Die Garageneinfahrt war an der Seite. Man mußte warten, bis sich ein ziemlich schweres blaues Tor öffnete. Das Tor lief über eine Schiene. Ich dachte, es werde knirschen, aber es knirschte nicht.

3

Wenn ich leicht den Kopf drehte, sah ich, ebenfalls im Rückspiegel, Doktor Mesianos Sohn. Er saß auch hinten. Er blickte zum Fenster hinaus, seine Augen starrten, wenn auch auf nichts Besonderes.
Mit den Knöcheln der einen, zur Faust geballten Hand klopfte er an die Scheibe. Dabei biß er sich auf die Lippen.

4

Der Haupteingang war auf der Rückseite, von der Calle Allison Bell aus. Wenn ich mich nicht täuschte, hieß der Erfinder des Telefons Bell. Allison war dann wahrscheinlich seine Frau oder sonst eben seine Tochter. Ich weiß noch: »Hinter jedem großen Mann steht eine große Frau«, mußte ich denken. Aber die Straße hieß wohl kaum deswegen so.

Über dem Haupteingang, von der Calle Allison Bell aus, stand keine Hausnummer.

5

»Man muß sehr genau darauf achten, immer, welche Worte man wählt«, sagte Doktor Mesiano. »Doktor Padilla hat das diesmal sträflich vernachlässigt.«

6

Wir hielten an der Ecke Calle Republiquetas. Doktor Mesiano bat mich um eine Telefonmünze. Ich durchsuchte meine Taschen, gab ihm zwei, und er stieg aus, um zu telefonieren. Wir blieben schweigend im Auto sitzen. Ich hörte leises Klopfen von Fingerknöcheln an der Scheibe, das war Doktor Mesianos Sohn. An der Ecke war eine Eisdiele. Sie würde nicht vor September oder Oktober öffnen. Es war sehr kalt um diese Zeit des Jahres, erst recht so früh am Morgen.

Ein komischer Anblick: Doktor Mesianos Beine in dunklen Hosen, dazu farblich passende Schuhe, unterhalb der Linie, wo die Seitenwand der grell orangefarbenen Telefonzelle endete.

7

Im Erdgeschoß war eine Küche und auf dem Küchentisch eine offene Packung Croissants. Allerdings bot uns niemand davon an; wahrscheinlich hätten wir ohnehin abgelehnt, essen wollte keiner von uns.

8

Doktor Mesiano sagte: »Meine arme Schwester hat es immer wieder probiert, du hättest sehen müssen, was sie alles versucht hat, aber da war nichts zu machen. Sie hat jeden nur denkbaren Spezialisten befragt, keine Methode ausgelassen, aber da war nichts zu machen.«
Wir waren mittlerweile allein im Auto unterwegs, ließen gerade Buenos Aires hinter uns. Doktor Mesiano sagte: »Aber diese Drecksnutten mit ihren stinkenden Mösen, nicht mal verheiratet sind die, und werfen wie die Karnickel.«

9

Und wenn der Schützengraben mitten in der Nacht plötzlich unter Mörserbeschuß geriet? Alles, was nachts passiert, passiert plötzlich. Und wenn der Kamerad neben einem getroffen wurde? So geht das, völlig willkürlich: Hocken da zwei Soldaten zusammen im Schützengraben, ganz dicht beieinander, und dem einen passiert nichts, dafür wird der andere schwer verletzt. Und wenn er zum Beispiel voll an den Beinen getroffen wurde, daß es ihm von den Knien abwärts alles wegriß? Tja, so ein menschlicher Körper ist ganz schön empfindlich: Da wo ein Bein und ein Fuß waren oder eine Hand mit fünf Fingern, ein Oberschenkel, ein Ellbogen, eine Schulter, ist plötzlich nichts mehr. Und wenn es genau in dem Moment hieß: Alle Mann zurück? Einem Befehl muß man immer Folge leisten, da gibt es nichts zu überlegen oder in Frage zu stellen. Und wenn es genau in dem Moment hieß: Alle Mann zurück, aber der Kamerad neben einem hatte keine Beine mehr? Ihn im Schützengraben zurücklassen heißt, ihn dem Feind ausliefern. Und wenn der Feind sich damit auskannte, wie man Gefangene verhört? Ihn beim Rückzug mitschleppen heißt, die ganze Kompanie in Gefahr bringen. Und wenn die Gruppe, weil sie nur langsam vorankam, unter feindliches Feuer geriet? Von Flucht kann hier keine Rede sein, es geht um einen strategischen Rückzug, ein strategischer Rückzug hat allerdings gleichermaßen in größtmöglicher Geschwindigkeit zu erfolgen, wie auch unter größtmöglicher Aufrechterhaltung der Ordnung. Und wenn der Kamerad aus dem Schützengraben außerdem ein enger Freund war? Das lange Beisammensein und die allgemeine Unsicherheit befördern solche Empfindungen. Und wenn einem die Hand zitterte, wenn es darum ging, dem geliebten Freund ins Genick zu schießen? Da gilt das gleiche wie für einen Chirurgen: Die Hand muß jederzeit ruhig sein.

Wie Doktor Mesiano immer sagte: »Krieg ohne Grausamkeit, das gibt es nicht.«

10

Eine der Frauen hatte – den Umständen entsprechend drastisch – geäußert, Doktor Mesianos Sohn sei ja ein richtiges Raubtier. Sie sagte wortwörtlich »ein richtiges Raubtier«. Hierauf folgten noch ein paar ähnliche Sprüche. Aber Doktor Mesianos Sohn starrte durchs Fenster, klopfte matt mit den Knöcheln an die Scheibe und biß sich fast die Lippen blutig.

11

Vor dem, selbst im Stadtzentrum, eher flachen Horizont der Gebäude von Quilmes hätte sich dieses Haus durchaus abheben können, obwohl es gar nicht hoch war, im Gegenteil. Es war weder hoch noch besonders ansehnlich – gerade einmal fünfstöckig und mit einer Fassade, die so häßlich und unpersönlich war wie die aller staatlichen Einrichtungen. Trotzdem hätte das Haus vor der Kulisse bescheidener Einfamilienhäuser und Wohnblocks auffallen können. Was aber nicht geschah.

12

»Es gibt Tage, die vergißt ein Mann sein Leben lang nicht«, sagte Doktor Mesiano.
Sein Sohn starrte hartnäckig weiter nach draußen. So als könnte er auch mit den Augen an die Fensterscheibe klopfen, was er schon die ganze Zeit mit den Fingern tat.

13

Früher hätte man einen Panzer zu Recht als praktisch unbezwingbar betrachtet. Aber damit war es später vorbei: Traf man ihn, mit der entsprechenden Munition, zum richtigen Zeitpunkt an der richtigen Stelle, konnte es passieren, daß er umstürzte, in Flammen aufging, ein Loch bekam, für allezeit unbrauchbar wurde. Eben dieser technische Fortschritt hatte dazu geführt, daß man sich auf die Suche nach neuen Verteidigungsmethoden machte. Die einfachste und zugleich effektivste bestand darin, einen Gefangenen, einen Soldaten des gegnerischen Heeres, mit Händen und Füßen vorne an den Panzer zu binden, also dort, wo der Panzer die größte Angriffsfläche bietet. Die Idee dabei war, daß, wer auch immer den Panzer attackierte, nicht so einfach würde losschießen können, schließlich wäre damit, auch wenn eine gewisse Möglichkeit bestand, den Panzer zu beschädigen, der Tod des Gefangenen durch die Hand seiner eigenen Kameraden besiegelt.

»Man muß es so sehen: Wer sich fangen läßt, ist tot«, sagte Doktor Mesiano. Mit dieser Einstellung kam man am weitesten, sowohl in bezug auf Gefangene, die man selbst machte, wie auch in bezug auf die, die von den anderen gefangengenommen wurden. So muß es der sehen, der einen Menschen an die Vorderseite eines Panzers bindet, um anschließend auf die gegnerischen Linien zuzusteuern. Und so muß es auch der sehen, der diesen Panzer ins Visier nimmt: Unverkennbar befindet sich dort ein vor Entsetzen brüllender Mensch, der sich weder bewegen noch schützen, geschweige denn entkommen kann – aber selbst wenn der Schütze die Panik in seinen Augen bemerken sollte, selbst wenn er das Gesicht von weitem erkennen und sich daran erinnern sollte, wie es war, wenn der andere in schlaflosen Nächten in der Kaserne rauchte, muß er die Zähne zusammenbei-

ßen und abdrücken, so ungerührt, als zielte er auf einen
Toten.

14

Im Zwischengeschoß waren die Büroräume. Nirgendwo
ist die Arbeit so zermürbend, mechanisch, gleichförmig
und unpersönlich wie im Büro. Selbst das Klappern der
Schreibmaschinen klingt hier anders. Auf den Schreib-
tischen stapeln sich zerfledderte Aktenordner, und kaum
je biegen sich die Regalbretter nicht unter dem Gewicht
dicker Ablagemappen in undefinierbaren Farben. Immer gibt es einen, der die Stimmung heben möchte und
deshalb ein kleines Transistorradio einschaltet, im Zwei-
felsfall eine Tangosendung. Aber man kann davon aus-
gehen, daß der Empfang gestört ist und die Musik sich
ständig in Rauschen verwandelt, das seinerseits im Lärm
der Schreibmaschinen untergeht. Die Locher dienen auch
als Briefbeschwerer; und man kann sich noch soviel Mühe
geben, irgendwie schaffen es die kleinen kreisrunden
Papierscheibchen, aller Sorgfalt zum Trotz aus dem Inneren der Apparate zu entweichen und sich über den
ganzen Raum zu verteilen, bis in die hinterste Ecke und
den verborgensten Spalt.
So ist es, mehr oder weniger, in allen Büros, und dieses
hier machte keine Ausnahme.

15

»Die Guerrilleras lassen sich extra schwängern«, sagte
Doktor Mesiano. »Sie glauben, wenn sie schwanger sind,

tun wir ihnen nichts.« Er kurbelte das Fenster hinunter und spuckte energisch aufs Pflaster. Das war eigentlich nicht seine Art, aber kein Mensch benimmt sich immer so, wie es normalerweise seine Art ist. Er war wütend. Etwas ganz anderes waren da doch die armen Nutten aus Vietnam: Die ließen sich absichtlich anstecken, um anschließend die feindlichen Soldaten zu infizieren. Das war doch wenigstens eine Art von Hingabe, von Selbstverleugnung, ja wenn man so wollte, von Aufopferung. »Diese Scheißweiber dagegen«, sagte Doktor Mesiano, »lassen sich bloß schwängern, weil sie feige sind, und wir müssen dann unter unglaublich harten Bedingungen kämpfen.«

16

Die drei Frauen verabschiedeten sich mit übertriebenem Getue und forderten uns lautstark auf, bald wiederzukommen. Wir lieferten sie in derselben Nachtbar ab, wo wir sie am Abend zuvor aufgelesen hatten. Im Vergleich zu ihrem lärmenden Abschiedsgeschrei fiel um so stärker auf, wie still und abweisend sich Doktor Mesianos Sohn benahm. Wenig später setzten wir ihn vor dem Hauseingang ab, und er verschwand wortlos; oder so gut wie wortlos, wer wollte, konnte in der unbestimmten Geste, die er ausführte, indem er, ich glaube in meiner Richtung, leicht die Hand hob, einen Abschiedsgruß erkennen.

17

Hinter den Büroräumen, aber immer noch im Zwischengeschoß, war das Lager. Im Lager befanden sich unter
anderem zwei Fernsehgeräte, ein großes und ein kleine-
res, beide mit eigener Antenne (der Bildschirm des kleinen war mit gelbem Cellophan überzogen, was einen
Farbeffekt bewirken sollte); ein Radio-Kassettenrecorder
(das Radio mit UKW, MW und Kurzwelle); ein Phili-
shave-Rasierapparat; zwei Stereo-Plattenspieler; ein Stapel Männerhosen und ein Stapel Frauenhosen (in beiden Fällen größtenteils Jeans); diverse Turnschuhe (ob
alle Paare komplett waren, weiß ich nicht); mehrere Paar
Stiefel (Glatt- beziehungsweise Wildleder); ein Ventilator,
Marke »Yelmo« (mit Rotor); eine Taschenlampe mit zwei
verschiedenen Lichtstärken. Außerdem einige Pappkar-
tons. In einem waren Armbanduhren; in dem daneben
jede Menge Ringe und Armbänder, Halsketten und An-
hänger; im nächsten Feuerzeuge und Kugelschreiber; in
noch einem Brillen (fast nur Sonnenbrillen). An der Wand
lehnten zwei Autoreifen, ein neuerer, offenbar unbenutzt,
und ein fast gänzlich abgefahrener, so gut wie ohne Pro-
fil, von dessen Gebrauch vor allem an Regentagen abzu-
raten war.

18

Diejenigen, die sich freiwillig mit Syphilis infizieren ließen, opferten damit wenigstens ihr Leben. Auf ihre Weise
erfüllten sie den heiligen Eid, fürs Vaterland sein Leben
zu geben. Alle wußten, nicht zuletzt die Huren selbst,
daß sie, wenn sie die Feinde erst mit Lues und Schankern

angesteckt hätten, den gleichen Tod zu erwarten hatten, eine Schaufel Löschkalk und ein Massengrab.

»Diese Drecksfotzen dagegen«, sagte Doktor Mesiano, »lassen sich vom erstbesten Schwachkopf schwängern, weil sie glauben, daß sie dann stark und unangreifbar sind. Als Schwangere oder als Mütter halten sie sich für perfekte Soldaten, sie bilden sich ein, dann könne ihnen keiner was.«

Freilich bestand die Kunst der Kriegsführung genau hierin: die größte Stärke des Gegners zu ermitteln, um sie zu seiner größten Schwäche zu machen.

19

Im ersten Stock war noch eine Küche, etwas größer als die erste, ein Bad, ein Speiseraum, ein Versammlungsraum, mehrere Werkräume. In den übrigen Stockwerken waren lange dunkle Gänge, jeder mit einem Wachposten; auf beiden Seiten acht bis zehn Metalltüren, mattgrau, zweifach versperrt, mit einem Schloß und einem Riegel; ohne die winzigen Schlitze, durch die man hineinsehen konnte, ohne gesehen zu werden, hätte man sie kaum von der Wand dazwischen unterscheiden können.

Im dritten Stock war ebenfalls ein Versammlungsraum, der sich praktisch nicht von dem im ersten Stock unterschied, aber über keine Fenster verfügte. Dort stand Doktor Padilla und zog ungeduldig an seiner Zigarette.

20

Jede Hure weiß doch, daß ihr Körper ihr nicht gehört. So sah es Doktor Mesiano. Eine Hure versteht, daß ihr eigener Körper ihr nicht gehört, oder wenigstens nicht ganz. Wenn auch auf einem völlig anderen Weg, kommt ein Mensch mit einer tödlichen Krankheit irgendwann auch zu dieser Erkenntnis. Etwas an seinem Körper hat nichts mehr mit ihm zu tun. Deshalb gibt sich so jemand auch widerstandslos hin, im einen Fall den Kunden, im anderen den Ärzten: weil er seinen Körper hingibt, ohne sich selbst hinzugeben. So sah es Doktor Mesiano. Außerdem verfügten seiner Meinung nach Menschen, mit denen es so weit gekommen war, paradoxerweise über eine eigentümliche Macht. Auf irgendeine Weise kamen sie dem, was im Krieg geschieht, bemerkenswert nahe. Denn auch im Krieg gehört ein Körper niemandem mehr: Er wird zu bloßer Hingabe, opfert sich auf für eine Fahne, für eine Sache. So sah es Doktor Mesiano. Wenn man im Krieg auf einen Körper einwirkt, wirkt man auf etwas ein, was niemandem mehr gehört. Daher rührte sein Interesse an den vietnamesischen Huren, die – zuletzt in wundersamer Gleichzeitigkeit – Prostituierte, Todkranke und Kriegsmaschinen gewesen waren.

Zwei Komma drei

1

In einem Raum im ersten Stock stand eine Waage. Keins von diesen modernen Geräten, bei denen eine Nadel unter einem Sichtglas das Gewicht anzeigt. Die Waage verfügte statt dessen über einen kleinen Metallzylinder, den man entlang einer Stange verschieben mußte; wenn die Stange sich horizontal eingependelt hatte, konnte man das entsprechende Gewicht ablesen. So altmodisch diese Waage war, so präzise war sie andererseits, das versteht sich von selbst.

2

»Ich warte schon eine ganze Weile auf Sie, Doktor Mesiano, glauben Sie mir, es ist dringend, da drin habe ich eine, bei der steht es auf Messers Schneide.«

»Von was für einer Schneide sprechen Sie, Doktor Padilla? Ich bitte Sie, reden Sie nicht so geschwollenes Zeug!«

»Damit wir uns verstehen, Doktor Mesiano: Die ist kurz vor dem Abkratzen. Meiner Meinung nach übersteht die die nächste Fragerunde nicht. Wenn jetzt nicht schnell etwas passiert, geht sie uns vielleicht sogar verloren.«

»Verloren – was heißt hier verloren?«

»Wir verlieren sie als Informationsquelle, so meine ich das natürlich.«

3

Um sich auf einer solchen Waage wiegen zu lassen, muß man sich aufrecht daraufstellen, die Füße aneinander, und still stehen, während der Arzt den Metallzylinder hin und her schiebt, bis er den Punkt gefunden hat, an dem die Stange weder oben noch unten die Aufhängung berührt.

4

»Bei der klappt wirklich gar nichts. Die muß sich gut vorbereitet haben. Aber dafür haben wir ihren Kleinen.«

»Der Kleine, ja. Das wäre eine Möglichkeit.«

»Nehmen Sie es mir nicht übel, Doktor Mesiano, aber die Chance hätten wir fast vertan, und zwar weil Sie sich so lange nicht haben blicken lassen.«

»Drücken Sie sich ruhig deutlicher aus, Doktor. Was wollen Sie damit sagen?«

»Bei allem Respekt, Doktor Mesiano, und Sie sollen mir das bitte nicht übelnehmen, aber seit gestern nachmittag sind wir auf der Suche nach Ihnen ... Daß die Frau durchgehalten hat, ist ein echtes Wunder.«

»Erstens glaube ich nicht an Wunder, und zweitens: Wenn ich so sagen darf, schlimmer als meine Verspätung ist Ihre Ahnungslosigkeit.«

»Doktor Mesiano, lassen Sie uns hierüber nicht vor dem Rekruten diskutieren.«

»Der Rekrut, wie Sie ganz richtig sagen, genießt mein volles Vertrauen.«

»Doktor Mesiano, nur eins: Bitte nicht vor dem Rekruten.«

116

5

Um das genaue Körpergewicht zu bestimmen, muß man den Zylinder sehr vorsichtig hin und her bewegen, vor allem gegen Ende des Meßvorgangs. Seitens des Arztes erfordert dies großes Fingerspitzengefühl, aber auch eine ruhige, sichere Hand.

6

»Schlimmer als meine Verspätung ist Ihre Ahnungslosigkeit.«

»In unserem Beruf lernt man nie aus.«

»Ich spreche von Ahnungslosigkeit, Doktor Padilla, nicht von Weiterbildung.«

»Es wäre besser, der Rekrut würde rausgehen, wir sollten uns lieber allein unterhalten, nur Sie und ich.«

»Schiere Ahnungslosigkeit, Doktor Padilla! Als ob es hier aufs Alter ankäme! Wie kommen Sie denn auf die Idee? Woran haben Sie gedacht? An die Ausbildung des Gefühlslebens? An die psychomotorische Entwicklung? Hier kommt es einzig und allein auf die Masse an, Doktor Padilla. Sehen Sie, wie unpräzise Ihre Fragestellung war?«

»Lassen Sie uns nicht vor dem Rekruten hierüber diskutieren, Doktor Mesiano, auch wenn er Ihr Vertrauen hat.«

»Es kommt aufs Gewicht an, nicht aufs Alter. Das hätte selbst ein Medizinstudent gewußt.«

7

Die Waage funktioniert bis zu einem Höchstgewicht von einhundertfünfzig Kilogramm. Was darüber hinausgeht, zeigt sie nicht nur nicht an, sie kann davon sogar kaputtgehen.

8

»Ich bin bereit, meinen Irrtum zuzugeben, Doktor Mesiano, in jeder Hinsicht. Aber lieber bei einem Gespräch unter vier Augen.«

»Ihr Irrtum besteht vor allem darin, daß Sie von einem falschen Kriterium ausgegangen sind. Ab wieviel Jahren, haben Sie sich gefragt. Aber auf das Alter kommt es gar nicht an, sondern auf die Masse, auf das Gewicht: Das entscheidet darüber, wieviel ein Körper aushält.«

»Ich sehe meinen Fehler ein, Doktor Mesiano, und bitte um Entschuldigung. Ärgern Sie sich nicht über mich.«

»Worüber ich mich ärgere, ist Ihre Unfähigkeit.«

»Wenn der Rekrut rausgeht, können wir in aller Ruhe über die Sache reden.«

9

Die Waage funktioniert andererseits erst ab einem bestimmten Mindestgewicht: Weniger als fünf Kilo zeigt sie nicht an. In diesem Fall besteht natürlich keinerlei Gefahr, daß die Waage kaputtgehen oder aus den Fugen geraten könnte. Es ist einfach eine Frage der Wahrnehmungsfähigkeit.

Es ist ein bißchen wie mit sehr leisen Tönen oder mit

sehr niedrigen Frequenzen: Ein Hund nimmt sie wahr, ein Mensch nicht.

10

»Wir haben das Kind noch da, wir wollen in der Sache ja zu einer Entscheidung kommen. Wenn Sie möchten, können Sie es sehen.«

»Sie haben es gesehen.«

»Natürlich habe ich es gesehen.«

»Ich frage Sie als Arzt: Was meinen Sie?«

»Ich finde es ziemlich klein.«

»Ihre Meinung als Arzt, Padilla. Sie haben es in die Hände genommen, nehme ich an.«

»Ja, habe ich.«

»Und, was glauben Sie, wieviel wiegt es?«

»Keine drei Kilo, wenn Sie mich fragen.«

»Aber wieviel, wieviel genau, möchte ich wissen, Doktor Padilla. Ich frage Sie als Arzt.«

»Erstmal soll der Rekrut rausgehen.«

»Wieviel wiegt es genau, was schätzen Sie?«

»Ich würde sagen, zweieinhalb Kilo. Oder noch weniger.«

»Bitte genau. Werfen Sie nicht mit irgendwelchen Zahlen um sich. Es geht um Ihre Meinung als Arzt.«

»Also, mal überlegen. Ich würde sagen, zwei Komma drei.«

»Mehr nicht? Schade. Das ist sehr klein.«

»Da haben Sie sicher recht. Aber ich spreche erst weiter, wenn der Rekrut draußen ist.«

11

Waagen für höhere Gewichte dienen normalerweise wirtschaftlichen Zwecken. Zum Beispiel, um die Ladung eines Lastwagens zu überprüfen. Man findet sie an Häfen, manchmal auch an großen Verkehrsstraßen. Ihre Maßeinheit sind Tonnen, nicht Kilos – da kann man sich eine Vorstellung davon machen, was für Lasten sie auszuwiegen haben.

12

»Die Mutter hat in der letzten Zeit sicher nicht ganz die passende Nahrung bekommen, und der Kleine auch nicht.«

»Den Umständen entsprechend.«

»Den Umständen entsprechend, genau. Aber manche Kinder sind bei der Geburt kräftiger.«

»Ja, manchmal sind sie kräftiger.«

»Das war hier nicht der Fall.«

»Nein, das war nicht der Fall.«

»Schade.«

»Schade ist auch, daß wir keine Zeit haben abzuwarten, bis der Kleine sich ein wenig zurechtgewachsen hat.«

»So ist es, Doktor. Über die Zeit können wir nicht verfügen.«

13

Um ganz kleine Gewichte und hauchfeine Unterschiede bestimmen zu können, braucht man eine Juwelierwaage. Auf diesen hochempfindlichen Geräten macht ein Gramm mehr oder weniger einen riesigen Unterschied aus. Wie die Schwergewichtswaagen dienen auch die Feinwaagen bestimmten wirtschaftlichen Erfordernissen.

14

»Mit zwei ordentlichen Ohrfeigen erreicht man bei der nichts, das können Sie mir glauben.«

»Man müßte sich etwas Ausgefeilteres einfallen lassen.«

»Ich würde sagen, ja.«

»Tja, Doktor Padilla, dafür braucht man aber ein Minimum an Muskelmasse, der Tonus muß stimmen, die Knochenfestigkeit, das Lungenvolumen und so weiter. Und damit können wir offenbar nicht rechnen.«

»Ich würde vorschlagen, der Rekrut zieht sich jetzt zurück, und Sie machen sich selbst ein Bild der Lage.«

»Wie Sie meinen, Doktor. Ganz wie Sie meinen. Aber ich sage Ihnen gleich, bei zwei Komma drei Kilo brauchen wir gar nicht erst anzufangen.«

15

Zunächst dienten Waagen ja auch rein wirtschaftlichen Zwecken. Vor allem, als der Warentausch noch auf der Grundlage von Goldgewichten abgewickelt wurde. Die ersten Waagen hatten zwei kleine Schalen. Auf die eine wurde eine Menge an Gold gelegt, deren Gewicht bekannt war, auf die andere die Ware, deren Gewicht man bestimmen wollte. Diese Art Waage erscheint auch auf dem Bild, das die Gerechtigkeit symbolisiert, denn die Gerechtigkeit basiert auf dem Prinzip des Gleichgewichts.

16

»Haben Sie hier eine Waage, Doktor?«

»Haben wir, ja, Doktor Mesiano, wir haben eine im ersten Stock, aber ich fürchte, die hilft uns nicht weiter, es ist keine Babywaage.«

»Zu dumm. Aber macht nichts, das bekommen wir auch so hin. Dann müssen wir uns eben auf unsere scharfen Augen verlassen, etwas Besseres gibt es in dem Fall sowieso nicht.«

»Geräte sind eine große Hilfe, das stimmt, aber nichts ersetzt den erfahrenen Mediziner, der weiß, wovon er spricht.«

»Sie sagen es.«

17

Der Einsatz von Waagen für medizinische Zwecke begann später als ihre Verwendung im Handel. Seitdem hat er sich immer weiter verbreitet. Mittlerweile kann jedermann selbst sein Gewicht kontrollieren, schließlich gibt es heutzutage kaum noch Apotheken, in denen keine Waage zur Verfügung steht; auch wenn deren Genauigkeit manchmal zu wünschen übrigläßt, ist sie doch ausreichend, um sich einen ungefähren Eindruck vom jeweils aktuellen Körpergewicht zu verschaffen. Trotzdem sollte auf regelmäßige ärztliche Untersuchung nicht verzichtet werden.

18

»Bis wir beide, Sie und ich, eine Lösung für dieses Problem gefunden haben, wartet der Rekrut bitte draußen auf dem Gang.«

»Mein Assistent, meinen Sie. Na gut, wenn es Sie beruhigt. Bei der Kälte hier, hat er es draußen auf dem Gang sowieso besser.«

Achtundvierzig

1

»Was'n mit dir, Mann? Haben sie dich rausgeschmissen?«
Der Wachposten in der blauen Uniform hatte hier die
Aufsicht. Es war klar, daß er sich langweilte, im Grunde
hatte er an diesem Morgen so gut wie nichts zu tun. Er
saß auf einer kleinen Holzbank und sah den langen Flur
hinunter, von dem alle Türen dieses Stockwerks abgin-
gen. Er hatte dafür zu sorgen, daß alles ruhig blieb, und
hier war alles ruhig.
»Nein, nicht rausgeschmissen. Ich soll hier warten.«
Der andere nickte. Er kratzte sich am Ohr oder hinter
dem Ohr. Er fragte, ob meine Zeit beim Barras bald
rum sei. Ich sagte, ich hätte fast die Hälfte hinter mir. Er
fragte, ob sie mich anständig behandelten. Ich sagte ja.
Er meinte, mit Vokuhila sei hier natürlich nichts. Dann
fragte er, ob ich wisse, wofür Vokuhila die Abkürzung
sei. Obwohl ich sonst nicht lüge, sagte ich, nein, ich wisse
es nicht. Er sagte: »Vorn kurz, hinten lang. Alles klar?«
Ich sagte nichts, und er sagte: »Man lernt nie aus.«

2

Am Ende des Flurs war ein langes schmales Fenster.
Davor zwei Eisenstangen. Die Scheibe war kaputt. Durch
das Loch im Glas drang ein schneidender Wind, der noch
unangenehmer und aggressiver war als die eisige Luft
draußen im Hof, unter dem freien Himmel.

3

Ein Rest von irgend etwas störte den Wachposten in der blauen Uniform im Mund, zwischen den Zähnen. Damit war er beschäftigt beziehungsweise seine zu großen, plumpen Finger. »Scheiße, weiß auch nicht«, brummelte er. Da wurde er von unten gerufen. Nicht bei seinem Namen, sondern einem Spitznamen. Er hob sofort den Kopf und rief laut zurück: »Was ist los?« Der Flur hatte eine komische Akustik, schreien war hier überflüssig, aber er schrie trotzdem. »Komm mal kurz runter«, war die Antwort.

Der Wachposten stand auf. »Paß auf die Arschlöcher hier auf«, sagte er. Dann lachte er, ich sollte merken, daß er sich über mich lustig machte. »Rühr dich nicht von der Stelle.« Die Flurdecke war niedrig, die Wände nicht weit voneinander entfernt, dadurch wirkte er noch massiger. Er ging gemächlich davon, in einer Hand das Bänkchen.

4

Mir war nicht aufgefallen, daß der Boden aus Zement war. Er war rauh und kratzig und so kalt, daß man genausogut auf blankem Eis hätte sitzen können.

5

Gelangweilt schlenderte ich bis ans Ende des Flurs. Ich näherte das Gesicht dem Loch in der Scheibe. Ich wollte wissen, was man von dort aus sehen konnte. Ich blickte hinaus: nichts zu sehen. Eine rissige Wand, teilweise von

Flechten überzogen. Im unteren Teil war eine alte blaue Inschrift zweimal weiß überstrichen worden.

6

Mir war nicht aufgefallen, daß zwischen dem Zementboden und dem unteren Ende der Türen ein Spalt frei blieb. Ich hatte nicht darauf geachtet, es war mir nicht aufgefallen.

7

Von der durchgemachten Nacht fühlte ich mich schwach. Meine Augen brannten, und im ganzen Körper, vor allem aber in den Knien, empfand ich Müdigkeit. Ich mußte mich hinsetzen und ausruhen, mir taten die Beine weh. Und nach dem Hinsetzen mußte ich mich irgendwo anlehnen, denn der Rücken fing auch an, mir weh zu tun. Also setzte ich mich irgendwo hin und lehnte mich irgendwo an.

8

Im Winter speichert er die Kälte und im Sommer die Hitze – das ist bekanntermaßen die unbeliebte Eigenschaft von Zement. Deshalb wirken Räume, deren Wände oder Boden aus nacktem Zement sind, unweigerlich schäbig und ungemütlich.

9

Auf einem Friedhof fühlt man sich niemals allein, auch wenn man allein dort ist. Hier ging es mir umgekehrt: Inmitten der Stille und des frühmorgendlichen Lichts fühlte ich mich allein. Ich war nicht allein, aber ich fühlte mich so, ich hatte den Eindruck, allein zu sein, und ich gab mich diesem Eindruck hin. Deshalb erschrak ich so, als von unten die Finger hervorkamen und mich berühren wollten.

10

Doktor Mesiano war in einem anderen Stockwerk, weiter unten, und unterhielt sich mit Doktor Padilla über medizinische Fragen. Es kommt oft vor, daß sich die Begeisterung von Fachleuten an Themen entzündet, die mit ihrem Beruf zu tun haben, trotzdem glaubte ich nicht, daß es allzu lange dauern werde, bis sie wiederkämen.

11

Die Stimme sprach sehr leise. Sie konnte nicht lauter sprechen, oder sie wollte nicht, damit niemand sonst aufmerksam wurde. Aber ich konnte sie sehr gut hören, so wie wenn einem jemand direkt ins Ohr spricht, man hört jedes einzelne Wort ganz genau, auch wenn der andere bloß flüstert.

Es war eine Frauenstimme. Sie sagte: »Du bist keiner von ihnen. Du mußt mir helfen.«

12

Doktor Mesiano nahm in diesem Moment wahrscheinlich gerade die Waage in Augenschein, von der Doktor Padilla gesprochen hatte. Um festzustellen, daß sie nicht für seine Zwecke taugte, wie er sich schon gedacht hatte.

13

Ich rührte mich nicht, ich wollte nicht wissen, ob sie meine Kleidung mit den Fingerspitzen festhielt.

Sie sagte: »Laß dich nicht mit reinziehen, du bist keiner von ihnen.« Und sie sagte: »Du weißt doch, wo wir sind, oder? Du bist nicht von hier. Du weißt, wo wir sind, oder?«

Ich sagte mir, wenn ich mich jetzt vorbeuge, kann es gut sein, daß ich spüre, wie etwas an meinem Pullover zieht. Und ich rührte mich nicht.

Währenddessen sagte sie: »Ich geb dir die Nummer von einem Anwalt, und du sagst ihm, wo wir sind. Sonst nichts. Du gibst es durch und legst auf. Das ist alles, dir passiert nichts.«

Ein Wollpullover dehnt sich, jede Faser des Wollgewebes ist elastisch und dehnt sich, aber irgendwann dehnt sie sich nicht mehr, und dann spürt man, daß etwas daran zieht. Das wollte ich nicht, und deshalb rührte ich mich nicht.

Ohne mich sehen zu können, sagte sie durch die Tür: »Du bist keiner von ihnen.«

14

Auch Doktor Mesiano hatte die Nacht durchgemacht, auch er mußte sich in diesem Moment müde und gereizt fühlen, mit einem schweren Kopf und weichen Knien. Auch er mußte den Wunsch verspüren, so schnell wie möglich fertig zu werden, um aufbrechen und endlich schlafen gehen und alles vergessen zu können.

15

Ohne auf eine Antwort zu warten, fing sie an zu erzählen, was hier vor sich ging. Ihre Stimme war heiser, drang aber mühelos und klar verständlich bis zu mir durch. Die heisere Stimme erzählte mir von allem, was sie ihr angetan hatten. Irgendwann wollte ich nichts mehr davon hören und sagte: »Sei still, du. Halt den Mund.« Aber ich rührte mich nicht. Ich rührte mich nicht, weil ich sonst vielleicht gespürt hätte, daß etwas an dem Pullover zog, sie, die mich festhielt. Und das wollte ich nicht. Ich wollte aber auch nichts mehr von ihr hören; trotzdem sprach sie weiter. Ich rührte mich nicht, und sie sprach weiter.

16

Warum brauchte Doktor Mesiano so lange? Bei seiner Erfahrung und seiner sicheren Hand hätten doch zwei, drei Minuten genügen müssen, um abzuwägen und zu entscheiden, um einzuschätzen und zu verwerfen. Zwei, drei Minuten waren mehr als genug, ganz bestimmt, um zu einem Entschluß zu gelangen und ein Urteil zu verkünden. Trotzdem dauerte es, die Zeit verging, und er kam nicht, er kam einfach nicht.

17

Die Stimme durchdrang die Tür, als gäbe es die Tür nicht. Auf dieser Seite der Tür war ich. Die Stimme durchdrang die Tür, um mir zu erzählen, was hier vor sich ging. Ich sagte zu ihr: »Halt den Mund, Fotze, halt endlich den Mund.« Aber sie machte weiter, hastig, und trotz aller Eile schilderte sie auch Einzelheiten. Ich sagte immer wieder: »Ich hab gesagt, du sollst still sein, Drecksfotze, halt endlich den Mund«, denn sie fing mit den Einzelheiten an, und von den Einzelheiten hatte ich schnell genug. Aber sie machte immer weiter und weiter, ohne sich die Einzelheiten zu sparen. Auf dieser Seite der Tür hörte ich zu, mein Kopf lehnte an der Stelle, wo ihr Mund sein mußte. »Halt die Klappe«, sagte ich, aber sie wollte, daß ich alles hörte, alles erfuhr, und anschließend sollte ich das alles weitergeben. »Ich schlag dir die Fresse ein, Drecksfotze«, sagte ich. Sie gab mir die Adresse und sagte, ich solle bitte durchgeben, wohin man sie gebracht hatte. »Ich scheiß auf deine Alte«, sagte ich, und sie sagte noch einmal, ich solle bitte den Anwalt benachrichtigen, sie sagte noch einmal, ich solle sie bitte retten, sie und die anderen, sie sagte noch einmal zu mir: »Du bist keiner von ihnen.«

Und ich sagte: »Woher weißt du überhaupt, wer ich bin, verdammte Drecksnutte?«

18

Doktor Mesiano war praktizierender Katholik, wenn auch nicht hundertprozentig; aber regelmäßig zur Messe ging er schon. Es kam vor, daß er einmal einen Sonntag ausfallen ließ, aber er hatte deshalb nicht das Gefühl, sein Seelenheil aufs Spiel zu setzen; in jedem Fall ging er öfter zur Messe, als daß er nicht ging. Sollte er an diesem Sonntag zur Messe gehen wollen, dachte ich, durfte er sich nicht mehr allzuviel Zeit lassen. Wenn wir in – spätestens – zehn Minuten aufbrachen und ich tüchtig aufs Gaspedal trat, konnte er es zur Elfuhrmesse schaffen.

19

»In ein paar Monaten kommst du raus«, sagte sie. »Noch ein paar Monate, und du hast es hinter dir und bist wieder der, der du immer warst.« Niemand sonst sprach, falls überhaupt noch jemand in der Nähe war, niemand zischte, niemand pfiff, und sie sagte schon wieder: »Dir passiert nichts.« Ich sollte durchgeben, wo sie festgehalten wurde. »Sonst nichts, du brauchst nicht zu sagen, wer du bist.« Ich sagte, sie solle still sein. Ich sagte, ich hätte genug von ihrem Gerede. Sie sagte, ich solle bitte ihr Kind retten, ich solle von einer Telefonzelle aus anrufen und durchgeben, wo sie festgehalten wurden, und dann auflegen. »Du bist tot, du Fotze«, sagte ich zu ihr, und sie sagte zu mir, ich solle dem Kind zuliebe Bescheid geben. »Sei endlich still«, sagte ich, »Schluß jetzt, Drecksfotze, du bist tot, merkst du das nicht?« Und sie sagte, ich solle es dem Kind und ihren Freunden zuliebe tun.

20

Bestimmt verabschiedeten sie sich gerade, und beide wollten möglichst freundlich wirken, deswegen dauerte es so lange. Sie hatten sich das eine oder andere unschöne Wort an den Kopf geworfen, und das wollten sie jetzt wieder gutmachen. Trotzdem wollte Doktor Mesiano bestimmt nichts lieber, als das Treffen möglichst schnell zu Ende bringen, damit wir endlich in die Stadt zurückkehren konnten.

21

Sie gab mir die Telefonnummer eines Rechtsanwalts und sagte, ich solle sie bitte nicht vergessen. An die Anfangszahl erinnere ich mich noch: achtundvierzig. Ich erinnere mich daran, weil ich in diesem Moment an die Zahlen von der Auslosung dachte. Sie nannte mir den Namen und die Nummer und sagte: »Du gibst die Adresse durch und legst auf.« Sie sagte, ich solle daran denken, was hier vor sich ging. Sie hatte mir erzählt, was hier vor sich ging. In aller Ausführlichkeit: alles, was sie mit ihr gemacht hatten, was sie zu ihr gesagt hatten, was sie gehört hatte, was sie erfahren hatte. Zuerst spürte ich unten die Finger oder bildete mir das wenigstens ein, und dann wollte ich lieber nicht wissen, ob sie mich festhielt oder nicht.

Ich hatte sie nach nichts gefragt und sie auch nicht darum gebeten, mir irgend etwas zu erzählen, aber sie redete drauflos, als ob die Tür nicht da wäre. Ich sagte, sie solle aufhören, ich befahl ihr aufzuhören, aber sie hörte nicht auf mich. Sie sagte, ich solle ihr bitte helfen. Ich sagte: »Extremisten helfe ich nicht.«

22

Endlich hörte ich die Stimmen von Doktor Mesiano und Doktor Padilla. Sie kamen sicher gerade aus dem Raum oder dem Beratungszimmer, wo sie sich unterhalten hatten. Wahrscheinlich verabschiedeten sie sich gerade voneinander. Doktor Mesiano kam sicher gleich hierher, um mich abzuholen; dann würden wir zusammen aufbrechen. Sobald ich ihn sähe, dachte ich, könnte ich endlich aufstehen und mich von der Tür entfernen, meinen Pullover glattziehen und ihn mit ordentlich fester Stimme fragen, wohin wir jetzt fahren würden.

23

»Ich weiß nicht, wo wir sind«, sagte sie, »aber du weißt es.« Sie fragte nach dem Datum: Welcher Monat, welcher Tag? Wegen des Kindes und ihrer Freunde sollte ich helfen. Sie sagte: »Du bist keiner von ihnen.« Sie sagte, ich könne ihnen helfen, für mich sei das völlig ungefährlich. Sie sagte: »Du siehst nicht, was hier vor sich geht.« Sie sagte noch einmal den Namen und die Nummer, die mit achtundvierzig anfing. Sie sagte, wenn der Anwalt Bescheid wisse, könne er versuchen, etwas zu unternehmen. Sie sagte, diese Nacht würde ich von den Dingen träumen, die sie mir erzählt habe.
»Das glaubst du«, sagte ich. »Das glaubst du.«
Aus irgendeinem Grund, ich weiß selbst nicht warum, sprach ich auch ganz leise.

Dreihundertachtundneunzig

1

Man hörte wirklich die Stimmen von Doktor Mesiano und Doktor Padilla, aber es hörte sich überhaupt nicht freundschaftlich an, und sie verabschiedeten sich auch nicht höflich voneinander. Sie stritten, und zwar lautstark. Sie kamen aus dem Raum oder dem Beratungszimmer, wo sie sich unterhalten hatten, wo sie zu streiten begonnen hatten, und jetzt konnten sie den Streit nicht einfach so beenden, selbst wenn sie gewollt hätten. Die letzten Sätze flogen hin und her, einzelne, unverbundene Sätze. Ich hörte, wie Doktor Padilla sagte: »Die Liste geht vor«, und ich hörte, wie Doktor Mesiano sagte: »Meine Schwester geht vor.«

Sie stritten unten. In dem Stockwerk, wo ich war, tauchte der Wachposten in der blauen Uniform wieder auf. Er hatte die kleine Holzbank von vorher dabei und im Mund einen Zahnstocher.

»Arsch hoch, Kleiner«, sagte er, »ihr zieht ab.«

2

Die, die was von Psychologie verstehen, haben einen Ausdruck dafür: das Gefühl, das man manchmal hat, etwas zu erleben, was man schon einmal erlebt hat. An diesem Morgen hatte ich so ein Gefühl. Allerdings kam ich auch wieder genau dort vorbei, wo ich erst ein paar Stunden zuvor gewesen war.

3

»Zu Ihnen nach Hause, Doktor Mesiano?« fragte ich.

»Nein«, sagte er, »noch nicht.«

4

Die, die was vom Film verstehen, haben auch einen Ausdruck für Momente, in denen man einen Schritt in der Geschichte zurückmacht und sich einige Bilder dessen, was zuvor geschehen ist, noch einmal ansieht. Allerdings passiert das normalerweise in Zeitlupe; jetzt dagegen liefen die Bilder eher schneller als beim ersten Mal vor mir ab.

5

Während der ganzen Fahrt sagte Doktor Mesiano nur einen einzigen Satz. Der Satz lautete: »Wollen doch mal sehen, wer hier den Ton angibt.« Sonst sagte er nichts, aber diesen Satz sagte er mehrfach. Er wollte auch nicht, daß ich das Radio anmachte, um Musik zu hören.

6

Wir fuhren über hundert. Zuerst durch die Avenida del Libertador und dann durch die Avenida Figueroa Alcorta. Bis ans Ende, bis zu der Mauer am Ende. Das heißt, wir kamen wieder an dem – jetzt leeren – Stadion vorbei, was in der Nacht zuvor dort passiert war, spielte dabei keine Rolle. Wir bogen links in die Calle Udaondo und kamen wieder am Bundesschießstand vorbei. Obwohl Sonntagmorgen war, hörte man Schüsse. Wir kamen wieder an dem Nachtlokal vorbei, es war jetzt geschlossen, und an der Kirche, gerade als die Gottesdienstbesucher herauskamen. Doktor Mesiano bekreuzigte sich, und ich bekreuzigte mich auch.

7

»Wo jetzt, Doktor Mesiano?« fragte ich.

Wir kamen zu dem Kreisverkehr, wo genau zwei Jahre später – auf den Tag genau – ein Denkmal zur Erinnerung an die Stadtgründung eingeweiht werden sollte. Aber dieses Jahr war noch nicht das Jubiläumsjahr. Im Moment war dort nur ein kreisrunder Platz und sonst nichts.

»Rechts«, sagte Doktor Mesiano. »Rechts, und dann immer geradeaus, bis ans Ende.«

8

Wir kamen wieder an der Stelle vorbei, wo wir die Nacht zum Tag gemacht hatten. Bei Tageslicht schien auch dort nichts mehr davon zu spüren, was wir erlebt hatten. Der Sonntagmorgen war der ruhigste Moment der Woche, erst recht nach dem Betrieb in der Nacht zuvor, die im Gegensatz dazu der hektischste Moment der ganzen Woche war.

9

Als wir am Eingang der *Escuela* ankamen, passierte etwas Ungewöhnliches. Doktor Mesiano stieg aus, und ich

mußte auch aussteigen. Er lief um den Wagen herum und setzte sich auf meine Seite. Es war komisch, ihn auf einmal am Lenkrad zu sehen. »Ich fahre«, sagte er. »Ich fahre allein rein.« Wir standen vor dem Halteverbotsschild. »Drehen Sie eine Runde, gehen Sie ein bißchen spazieren«, sagte der Doktor. Der Wachposten hatte ihn bereits erkannt. »Seien Sie in einer halben Stunde wieder hier.«
Durchs Portal fuhr er im ersten Gang, dann schaltete er in den zweiten, für meinen Geschmack ein bißchen zu früh.

10

Es stimmt schon, man kehrt immer an den Schauplatz des Verbrechens zurück, wenn auch bloß bildlich gesprochen. In diesem Teil der Stadt gab es keinen Ort, den man hätte ansteuern können, abgesehen von einem erbärmlichen Bolzplatz mit mehr Staub als Gras, einem Nachtlokal, das dem unsrigen ähnelte und um diese Uhrzeit ebenfalls geschlossen war, und den frei zugänglichen Bahngleisen – im Gestrüpp zu beiden Seiten lauter Unrat. Eine Weile lief ich schläfrig und gelangweilt hin und her. Zuletzt näherte ich mich dem Gebäude, das gleichzeitig die Aufmerksamkeit auf sich ziehen und von sich ablenken wollte; dort hatten wir, wie gesagt, die Nacht davor zum Tag gemacht.
Der Geschäftsführer fegte gerade die Wagenzufahrt. Einer, der es besonders eilig gehabt hatte, hatte sich beim Einbiegen mit seinem Ford Fairlaine verschätzt, und weil der Wagen so breit war, viel zu breit für das, was er vor-

hatte, war er mit dem Blinker an der Ecke hängengeblie-
ben. Der Geschäftsführer nutzte die momentane Ruhe,
um die Glassplitter zusammenzufegen, die bedrohlich
knirschten – ohne daß wirkliche Gefahr davon ausging –,
wenn ein Auto darüberfuhr.

11

Ein Zug fuhr vorbei, ich spürte es deutlich. In der Nacht
war kein Zug vorbeigekommen. Oder vielleicht doch,
aber ich hatte nichts davon gemerkt. Wer einen derartigen Ort aufsucht, verliert alles übrige aus dem Sinn. Deshalb haben die Zimmer dort keine Fenster, oder wenn,
dann werden sie nie geöffnet.

12

Als der Geschäftsführer mich sah, erkannte er mich wieder. In der Nacht zuvor hatte er bestimmt Dutzende von
Gesichtern zu sehen bekommen, doch zu seinen Berufs-
pflichten gehörte an erster Stelle die Diskretion, und deshalb tat er auch immer so, als sähe er nicht, was sich vor
seinen Augen abspielte. Aber an mich erinnerte er sich.
Die Uniform half seinem Gedächtnis dabei sicherlich auf
die Sprünge.
»Immer noch hier?« sagte er. »Nein«, sagte ich. »Ich war
weg, und jetzt bin ich wieder da.«
Wir fingen an, uns zu unterhalten. Ich sagte zu ihm: »Sie
kriegen hier bestimmt alles mögliche zu sehen.« Er sagte:
»Das ein oder andere bekommt man schon mit.« Er erzählte eine Anekdote. Die Sache war vor ungefähr einem

Jahr passiert, unter der Woche, am späten Nachmittag. Ein Mann, so um die sechzig, mindestens, hatte ein Mädchen so um die sechzehn oder siebzehn, höchstens, mit aufs Zimmer genommen. Der Geschäftsführer hatte seine Lektion längst gelernt: Neutralität hieß die Parole, nie ein böses Wort über die Kundschaft, und bloß kein Neid. Aber dieses Paar, das bestimmt nicht regelmäßig zusammenkam, war ihm aufgefallen.

Ungefähr eine halbe Stunde vergeht. Plötzlich verzweifeltes Geschrei. Das Mädchen. Sie kommt nackt aus dem Zimmer gelaufen, rennt durch den Flur, hämmert an die Türen. Hilfe! Hilfe! Sofort erscheinen der Geschäftsführer und ein paar von den Zimmermädchen. Kurz darauf auch die zwei Jungs, die auf die Autos auf dem Parkplatz aufpassen. Manchmal will ein Mann etwas, aber sein Körper spielt nicht mit. Das Mädchen hört nicht auf zu heulen, zieht sich aber schließlich an und erklärt schniefend, sie haut jetzt ab – während die anderen feststellen müssen, daß ihr Begleiter mitten bei der Arbeit abgekratzt ist. Die beiden Jungs haben es nicht eilig, zum Parkplatz zurückzugehen, die Kleine macht durchaus was her. Irgendwer sagt: »Wenigstens ist er zufrieden gestorben.« Und einer, der mehr von der Sache versteht, fügt hinzu: »Genau wie Feldwebel Cabral.«

Der Geschäftsführer findet, wegen so einem Kleinkram braucht man nicht extra die Polizei zu belästigen. Er berät sich per Telefon mit einem der Besitzer des Etablissements und notiert sich dessen Anweisungen. Zu mehreren ziehen sie den Verstorbenen an. Die Strümpfe hatte er zum Glück angelassen. Als sie fertig sind, heben sie ihn hoch und tragen ihn zum Auto. Sie setzen ihn auf den Fahrersitz, die Hände am Lenkrad. Ohne den Motor anzulassen, schieben sie den Wagen hinaus. Die Straße ist abschüssig, das macht es ihnen leichter, dem Wagen noch einen tüchtigen Schubser zu verpassen. Er stellt sich quer, mitten auf der Straße, und der Fahrer ist mitten im Fahren, mutterseelenallein unterwegs Richtung Avenida del Libertador, an einem Herzinfarkt gestorben. Erst jetzt rufen sie jemanden von seiner Familie an, die Nummer haben sie im Notizbuch des Toten entdeckt; sie geben die traurige Nachricht durch.

»Der Trick«, sagte der Geschäftsführer, »bestand darin, den Körper gar nicht erst kalt werden zu lassen.« Wenn er kalt wird, wird er auch steif. »So war es genau wie wenn man einen anzieht, der besoffen ist, einen, der eingeschlafen ist und ums Verrecken nicht aufwachen will.« Der Geschäftsführer lehnte sich auf seinen Besen und fuhr sich mit der Hand über das pomadige Haar. »Genau wie wenn man eins von diesen Arschlöchern anziehen muß, die nicht mitspielen wollen und dann schlappmachen.«

13

Über unseren kleinen Schwatz verging die Zeit um so schneller, und schließlich war es soweit, und ich machte mich auf, um Doktor Mesiano zu treffen. Zurück ging ich durch die Avenida del Libertador, auf dem Bürgersteig gegenüber dem Gitterzaun und den Wachhäuschen. Auf der Sonnenseite.

14

»Zu Ihnen nach Hause, Doktor Mesiano?« fragte ich zum zweiten Mal.

»Nein«, sagte er, »noch nicht.«

15

Wer schon einmal eine Nacht durchgemacht hat – und wer hat nicht mindestens einmal im Leben eine Nacht durchgemacht? –, weiß, was für Folgen das für den Körper hat: Abgestumpftheit, hängende Schultern, schlaffe Glieder; aber dann plötzlich, nach Überqueren einer bestimmten Linie – der Grenze zum Traumland, wie manche sagen –, straffen sich die Glieder und die gewohnten Kräfte kehren zurück, ohne daß dafür irgendeine Art von Erholung nötig gewesen wäre. Wie kommt es zu dieser Wiederherstellung? Als würden einem neue Kräfte zufließen – sozusagen aus dem Nichts. Der Körper ist eben keine Batterie, die nach und nach leer wird, bis sie schließlich zu nichts mehr zu gebrauchen ist. Der Widerstandsfähigkeit des menschlichen Körpers liegen andere Geheimnisse zugrunde.

Doktor Mesiano wies mich darauf hin, daß Sterbenskranke sich sehr oft, wenn sie bereits ohne jede Hoffnung dem Ende nahe sind, auf überraschende Weise noch einmal erholen: Sie sind unerwartet guter Dinge, ja begeistert, so daß die Menschen um sie herum ihr Leid vergessen und neuen Mut schöpfen, und dennoch sterben sie kurz darauf, auf einmal ist alles vorbei.

16

»Volltanken«, sagte ich zu dem jungen Mann an der YPF-Tankstelle. Der Tank war nicht mal mehr zu einem Viertel voll, und wir mußten noch bis nach Quilmes, zum zweiten Mal. Der Mann pfiff vor sich hin – die Melodie war nicht genau zu erkennen –, während sich die Liter- und die Pesos-Anzeige drehten. Er fragte, ob er die Windschutzscheibe saubermachen solle. Ich lehnte ab. Eine leichte Staubschicht auf dem Glas vor meinen Augen war nicht so schlimm, jedenfalls eher zu ertragen als die Streifen, die ein schlampig eingesetzter schmutziger Lappen hinterlassen hätte. Am Montag oder spätestens Dienstag war ohnehin ein Besuch in der Waschstraße fällig.

17

Den ganzen Morgen über hatten meine Lider schwer auf den Augen gelegen, aber jetzt fühlte ich mich wieder ganz Herr meiner selbst und zu allem bereit. Fast als hätte ich in der Nacht zuvor meine vorgeschriebenen acht Stunden geschlafen.

Auch Doktor Mesiano sah jetzt wieder frischer aus, und er unterhielt sich angeregt. Während wir erneut Richtung Süden fuhren, erzählte er begeistert von seiner Studienzeit; dazu äußerte er die Ansicht, wir durchlebten gerade eine Epoche, in der alle Werte in Frage gestellt würden.

18

Im Lauf des Tages änderten sich die Farben und die Leuchtkraft aller Dinge, entsprechend dem sich wandelnden Himmelslicht; das galt jedoch nicht für den kleinen Fluß, der die Grenze des Hauptstadtbezirks markierte: Er wies zu keinem Zeitpunkt eine bestimmbare Farbe oder Leuchtkraft auf.

19

Dieses Mal benutzten wir nicht das blaue Tor auf der Rückseite. Wir hielten vor dem Eingang von der Allison Bell-Straße aus. Doktor Mesiano gab mir zu verstehen, daß ich im Wagen bleiben solle, ich sollte hier draußen auf ihn warten. »Ich brauche nicht lange«, sagte er.

Als sie sahen, daß er sich der Tür näherte, machten sie ihm auf.

20

Nach dem Volltanken beziehungsweise am Ziel eingetroffen, stand die Benzinanzeige auf Dreiviertel. Um die Strecke von der Hauptstadt bis nach Quilmes zurückzulegen, war also eine Viertel Tankfüllung nötig, eingeschlossen die Durchquerung der Hauptstadt von einem Ende zum anderen, denn wir waren am äußersten nördlichen Rand gestartet und hatten einmal durch die ganze Stadt fahren müssen, bis an deren äußerste Südgrenze. Legte man, so wie wir heute, die Strecke Hauptstadt – Quilmes, Quilmes – Hauptstadt zweimal hintereinander zurück, verbrauchte man folglich fast eine ganze Tankfüllung.

Über dies alles dachte ich bloß nach, um mir die Zeit zu vertreiben, denn die Benzinkosten wurden aus dem Etat der Brigade beglichen; weder ich noch Doktor Mesiano hatten damit etwas zu tun, wir erfüllten nur unsere Dienstpflichten.

21

Und so war es: Er brauchte nicht lange. Gerade einmal zehn Minuten waren vergangen, höchstens, da sah ich ihn bereits an der Tür, die aufging und wieder zu.

Mittlerweile war längst kein früher Morgen mehr, und es war auch nicht mehr so kalt.

»Soll ich Ihnen helfen?« sagte ich, weil ich sah, daß er etwas trug.

»Nicht nötig«, sagte er, »ich stelle es hier nach hinten.«

Ich hörte, wie er eine der hinteren Türen auf- und wieder zumachte, sah, daß er um den Wagen herumging und sich schließlich erneut an seinen Platz setzte.

»Laß dir aber bloß nicht einfallen, plötzlich auf die Bremse zu treten«, sagte er.

22

Der Himmel war jetzt fast weiß, die Umrisse der abgewrackten Schiffe hoben sich deutlicher ab, die andere Brücke war in der Mittagssonne heller, fast durchsichtig. Nur das schmutzige Wasser sah aus wie immer, trübe und reglos.

»Was da reinfällt«, sagte Doktor Mesiano und deutete nach unten, »ist weg, für immer.«

23

Ich hielt mich am rechten Straßenrand und fuhr immer schön gleichmäßig dahin, weder schnell noch langsam, achtete auf den Abstand zu den Autos vor uns. Deshalb kam ich nie in die Verlegenheit, plötzlich bremsen zu müssen, und wir erreichten ohne besonderen Zwischenfall unser Ziel.

24

Endlich konnte ich schlafen; es war schon reichlich nach zwölf.

Ich träumte von der Hure mit der zuckenden Lippe. Ich träumte, daß ich wieder bei ihr war, und sie sagte zu mir: »Wie oft schaffst du es, zu kommen, ohne ihn rauszuziehen?« – »Weiß nicht«, sagte ich, »hab ich nie ausprobiert.« – »Probieren wir es doch mal«, sagte sie. Und ich stieß zu und stieß zu und stieß zu, ohne ihn rauszuziehen, kam zwei-, drei-, viermal hintereinander, stieß weiter zu, immer weiter, kam zum siebtenmal, und sie sagte die ganze Zeit: »Mach mich fertig, mein kleiner Soldat, mach mich fertig.« Und ich stieß zu.

25

Den Montag gab Doktor Mesiano mir frei.

»Du fährst bloß den Wagen durch die Waschstraße«, sagte er.

Ich bedankte mich, und wir verabschiedeten uns bis zum Dienstag.

Sein Abschiedsgruß war herzlich, aber distanziert – er

wußte, wie das unter Männern geht: Man darf sich etwas anmerken lassen, aber nicht darüber sprechen.

30. 6.

(Epilog)

Eins zu zwei

1

Diesmal hat Maradona mitgespielt, und »Junge« nennt ihn jetzt keiner mehr. Er hat ziemlich schlecht gespielt. Gegen einen Abwehrspieler, der, warum auch immer, Gentile heißt, ein wirklich perfekter Manndecker, hat er sich nicht durchsetzen können. Die Italiener haben schon wieder gegen uns gewonnen, auch dieses Mal mit einem Tor Unterschied.

2

Ich lese die Zeitung und fange, wie gewohnt, mit dem Sportteil an. Zuerst die Schlagzeilen auf der Titelseite, da ist eigentlich immer etwas über Fußball dabei, und dann die Sportseiten. In der Welt des Sports passiert ständig etwas. Genau wie bei den Polizeiberichten; daß manchmal einfach gar nichts vorkommt, wie in anderen Bereichen, das gibt es dort nicht. Deshalb habe ich mir angewöhnt, zuerst den Sportteil und dann die Polizeiberichte zu lesen.

Heute ist ein Bericht über einen makabren Fund dabei: Kauft so ein Typ ein Landhaus in Berisso und beschließt, im hinteren Teil des Gartens ein Schwimmbecken anzulegen. Jetzt, im Winter, kommt ihn das billiger. Zwei Arbeiter von der Baufirma fangen an, ein Loch für das Becken und den Ablauf auszuheben. Einer von beiden stößt plötzlich mit dem Spaten auf etwas Weiches und gleichzeitig Hartes. Er sieht nach und entdeckt eine Leiche. Er sagt sofort seinem Kollegen Bescheid und der dem Vorarbeiter und der Vorarbeiter dem Typen, der das Landhaus gekauft hat, und der Typ, der das Landhaus gekauft hat, meldet die Sache beim zuständigen Polizeirevier.

Es handelt sich um die Leiche eines jungen Mannes. Ungefähr zwanzig Jahre alt, soweit sich das abschätzen läßt. Das Makabre an der Geschichte ist, daß die Leiche keinen Kopf hat. Der Kopf ist abgeschnitten worden und liegt wahrscheinlich irgendwo anders begraben, nicht unbedingt unmittelbar in der Nachbarschaft. Außerdem sind die Finger des Toten mit Säure verätzt worden. Unter diesen Umständen wird es ziemlich schwierig sein, die genaue Identität des Verstorbenen festzustellen, meint die Polizei.

3

Ich lese wieder im Sportteil weiter. Wie ich feststelle, tritt, bis auf gerade einmal zwei Spieler, für Argentinien genau dieselbe Mannschaft an wie beim vorherigen Mal, so als wäre keinerlei Zeit vergangen.

4

Die Schlagzeilen in der Zeitung, die ich lese, sind recht zurückhaltend. In der Klatschpresse dagegen ist jetzt sicher vom großen Köpferollen die Rede, und womöglich erlauben sie sich die eine oder andere mehr oder weniger geschmackvolle Anspielung auf einen Jungen, der offenbar den Kopf verloren hat.

Die übrigen Meldungen berichten von zwei versuchten Raubüberfällen: Einer war erfolgreich, aber der Polizei zufolge sind die Täter bereits umzingelt und ihre Verhaftung steht unmittelbar bevor; der andere scheiterte am Eingreifen der Ordnungskräfte, mit dem Ergebnis, daß drei Kriminelle ums Leben kamen und ein Beamter leicht verletzt wurde; er befindet sich im Churruca-Krankenhaus, bereits auf dem Weg der Besserung.

5

Die argentinischen Spieler erklären, daß sie sich noch lange nicht geschlagen geben, erst wenn die Situation tatsächlich nicht mehr zu ändern sein sollte. Sie kündigen an, bei der – alles entscheidenden – Partie gegen Brasilien um ihr Leben kämpfen zu wollen.

6

Was die Tunnelgräberbande betrifft, ein Fall, den ich seit längerem verfolge, steht heute nichts Neues auf den Polizeiseiten. Ein Mitglied wurde allerdings bereits gefaßt, weswegen die Verhaftung seiner Komplizen unmittelbar bevorsteht, wie es heißt.

7

Die Witze auf der letzten Seite lese ich normalerweise nicht. Ich finde sie einfach nicht witzig, und das nervt mich.

8

Auf den grau verschwommenen Photos sieht man eine Reihe hängender Köpfe. Ein düsteres Bild, nichts zu machen, da mag die Sonne noch so südlich hell über Katalonien strahlen.

9

Den Rest der Zeitung blättere ich bloß flüchtig durch. Ich überfliege die Seiten, werfe einen kurzen Blick auf die Überschriften und Photos, bis ich irgendwo hängenbleibe. Dann sehe ich genauer hin, lese ein wenig aufmerksamer.

10

Manchmal, nicht immer, lese ich die Horoskope. Alle Horoskope, nicht bloß das für mein Sternzeichen. Natürlich glaube ich weder an die Sterne noch an Prophezeiungen. Aber was mich reizt, ist, zu sehen, was für unerwartete Wendungen das Leben von jemandem nehmen kann.

11

Heute ist mir ein Kasten auf einer Seite mit ungerader Seitenzahl aufgefallen. Er steht genau über einer Anzeige für Schlankmacher. Genaugenommen ist mir die Anzeige aufgefallen. Erst danach habe ich den eingerahmten Hinweis gesehen.

Darin heißt es, das Innenministerium habe erneut eine offizielle, genau überprüfte Gefallenen-Liste freigegeben.

Ohne groß zu überlegen, gehe ich die Liste durch, nicht um etwas Besonderes zu entdecken – ich bin schließlich kein Aufpasser, der in der Aula einer Schule steht und kontrolliert, wer an diesem Tag zum Unterricht erschienen ist und wer nicht –, einfach bloß so, ich lasse den Blick über die untereinanderstehenden Vornamen und Familiennamen gleiten.

Natürlich sagt mir keiner dieser Vor- beziehungsweise Familiennamen etwas. Bis ich, ungefähr in der Mitte der Liste, auf den Namen Sergio Mesiano stoße.

Einhundertdreiunddreißig

1

Von vielen wußte man es aus unmittelbarer Anschauung: Wenn andere (nie bloß einer) sie ohne jeden Zweifel hatten zu Boden stürzen sehen, galt die Information als sicher. Das gleiche galt für den Fall, daß jemand – jemand mit starken Nerven – nach Einstellung des Feuers die Aufgabe übernommen hatte, die Taschen der Gefallenen zu durchsuchen, und dabei auf die entsprechende Kennmarke gestoßen war. In all diesen Fällen war die Sache klar. Und auf diese Weise wurden nach und nach so detaillierte Listen wie möglich erstellt.

2

Ich bin immer noch ganz erstaunt, denn man erwartet einfach nicht, daß das, was man in der Zeitung liest, einen auch persönlich etwas angehen könnte, mag das, was in der Welt geschieht, einen noch so berühren oder verwirren. Wenn die Meldung einen gewissermaßen unmittelbar zu betreffen scheint – niemanden sonst in dieser Weise –, ist irgend etwas nicht in Ordnung.

3

Andere Listen wurden mit Hilfe der Informationen der Engländer vervollständigt. Diese Listen trugen die Über-

schrift G, für Gefangene. Und über den anderen standen
drei Buchstaben beziehungsweise eine Chiffre: IKG, also
»im Kampf gefallen«. Manchmal wurde diesbezüglich
die eine oder andere Korrektur erforderlich. Jemand stand
zum Beispiel in einer IKG-Liste. Doch dann traf ein Bericht aus London ein, und der Betreffende mußte von
der Liste gestrichen und auf eine G-Liste gesetzt werden.
Dies im Falle einer guten Nachricht: Einer hatte geglaubt,
etwas zu sehen, was er in Wirklichkeit gar nicht gesehen
hatte, oder jemandes Kennmarke war aus irgendeinem
Grund in der Tasche eines anderen gelandet, und das
Mißverständnis löste sich in Wohlgefallen auf. Im um-
gekehrten Fall war jedoch einer auf eine G-Liste gesetzt
worden. Worauf ein Suchkommando ihn später an un-
erwarteter Stelle erfroren auffand, man hatte ihn einfach
in seinem Loch vergessen; dann mußte sein Name von
der G-Liste gestrichen und statt dessen einer IKG-Liste
hinzugefügt werden.

4

Ich frage mich, ob Doktor Mesiano noch da wohnt, wo
er vor vier Jahren gewohnt hat. Eine ganz schön lange
Zeit, wenn man es bedenkt. Jedenfalls Zeit genug, um in
ein anderes Stadtviertel zu ziehen oder ins Landesinnere,
und man kann in dieser Zeit auch Witwer werden und
wieder heiraten und ein neues Leben anfangen. Ebenso-
gut möglich, und nicht weniger einleuchtend, ist natürlich, daß alles exakt beim alten geblieben ist, auch dafür,
daß sich nichts ändert und alles bleibt, wie es ist, muß
schließlich Zeit vergehen.

5

Viele stehen auf keiner der beiden Arten von Listen. Sie sind aber auch nicht – vor Verzweiflung oder Erleichterung weinend, nervös oder wortlos – nach Hause zurückgekehrt, zu ihren Familien. Es weiß schlicht und ergreifend niemand, wo sie sind. Ihre Lieben hoffen noch, wer sollte es ihnen verdenken: Vielleicht haben sie sich irgendwo weit weg im Gebirge verlaufen und finden nicht zurück, sie haben gar nicht mitbekommen, was passiert ist, vielleicht sind sie auch zu verwirrt, um überhaupt einen klaren Gedanken zu denken, geschweige auf sich aufmerksam zu machen. Doch je mehr Zeit vergeht und je weiter die Suchtrupps ihre intensive Arbeit ausdehnen, auf desto unsichererem Boden stehen derartige Überlegungen.

6

Was soll's, sage ich mir, ich kann es ja einfach mal versuchen. Schlimmstenfalls steht jemand anderes in der Tür, wenn ich dort klingele. Das heißt, schlimmer wäre etwas anderes. Diese Leute könnte ich ja fragen, ob sie wissen, wo die früheren Bewohner hingezogen sind. Etwas anderes wäre viel schlimmer: Wenn nämlich Doktor Mesiano immer noch dort wohnen, mich aber nicht reinlassen würde. Ich habe sein Haus übrigens nie betreten, nicht einmal geklingelt habe ich dort. In jedem Fall ist Doktor Mesiano im Moment wirklich in einer ziemlich verzwickten Lage.

Allerdings kann ich mir gar nichts anderes vorstellen, als daß Doktor Mesiano mich zur Begrüßung fest in den

Arm nimmt und an sich drückt, so wie bei unserer letzten Begegnung, als meine Zeit abgelaufen war und ich noch einmal in die Kaserne kam, um meine Sachen abzuholen.

7

Fehler bei der Erstellung der Listen versucht man mit allen Mitteln zu vermeiden; daß jede Ungenauigkeit hier sehr unliebsame Folgen haben kann, ist bekannt. Trotzdem, auch wenn man alles Menschenmögliche unternimmt, um die Sache perfekt zu organisieren, irgendein Fehler schleicht sich immer ein. Nur Gott ist unfehlbar.

8

Jetzt habe ich einen Fiat 133. Ein neues Modell, eine Kombination aus dem 128er und dem 600er. Er gehört mir. Ich brauche bloß einzusteigen und ordentlich aufs Gaspedal treten, dann kann ich in weniger als einer halben Stunde an Doktor Mesianos Haustür klingeln, die Schwelle davor kenne ich genau.

9

Was auch manchmal Probleme verursacht, ist, daß jemand einen falschen Namen angibt. Er wird aufgefordert, sich auszuweisen: Name und zugehörige Einheit. Und aus einem schwer nachvollziehbaren Grund – denn nur zu oft sind die in einem Menschenkopf gefällten Entscheidungen schwer nachzuvollziehen – gibt er einen Namen an, der ihm nicht gehört.

Handelte es sich hierbei bloß um irgendeinen auf die Schnelle ausgedachten Namen, wäre die Sache halb so schlimm. Die eigentliche Schwierigkeit ergibt sich daraus, daß der Betreffende, aus welchem Grund auch immer, für gewöhnlich den Namen eines Kameraden nennt, den er selbst hat sterben sehen und der auch schon in einer der IKG-Listen verzeichnet ist.

Derartige Täuschungsmanöver sind schuld daran, daß die Erstellung der Listen sich empfindlich in die Länge ziehen kann, und sie verursachen die unglaublichsten Fehler, was entsprechende Korrekturen nötig werden läßt.

10

Doktor Mesiano wird verstehen, daß ich den Wunsch verspürte, ihn zu besuchen, und ich werde es auch verstehen, wenn er mich möglicherweise nicht empfangen will. Aber zu letzterem wird es nicht kommen, da bin ich mir sicher. Was er mit am meisten schätzt, ist nämlich Loyalität. Und nichts anderes als Loyalität ist der Grund dafür, daß ich mich heute aufmache, um ihn zu besuchen.

11

Für denjenigen, der in der Lage ist, die innere Unruhe und Anspannung auszuhalten, ist es daher ratsam, sich klarzumachen, daß die Lage in vielen Fällen einfach noch sehr unübersichtlich ist, weswegen es sich empfiehlt, die offiziellen Mitteilungen abzuwarten. Denn auf diesem

Wege werden nur Informationen bekanntgegeben, die in jeder Hinsicht überprüft und nachkontrolliert worden sind. Damit meine ich die Listen, die vom Innenministerium veröffentlicht werden. Allerdings habe ich auf einer dieser Listen heute den Namen Sergio Mesiano entdeckt.

1982

1

Die Tür öffnet sich nur einen winzigen Spalt breit. Auf halber Höhe sehe ich die Kette, sie ist noch vorgehängt. Durch die schmale Öffnung kann ich das mißtrauische Gesicht eines Mädchens erkennen, das mich fragt, wen ich suche. Doktor Mesiano, sage ich, falls er noch hier wohnt. Sie sagt, ja, er wohnt hier, aber er ist gerade nicht da. Sie fragt mich nach meinem Namen, und ich sage ihn ihr. Sie sagt: »Warten Sie bitte einen Moment.«

Sie macht die Tür zu. Da ich sonst nichts tun kann, setze ich mich auf den Bordstein vor dem Haus. Irgendwelche Erinnerungen heraufzubeschwören ist ebenso nutzlos wie der Versuch, sie zu verscheuchen. Zeit vergeht. Plötzlich höre ich ein Zischeln. Das Mädchen ruft nach mir; sie öffnet einen Spalt breit die Tür. Sie sagt, Doktor Mesiano sei gerade bei einem Familientreffen. Sie habe ihn aber angerufen und ihm gesagt, daß ich da sei. Und Doktor Mesiano habe ihr aufgetragen, mir die Adresse zu geben, damit ich auf jeden Fall dorthin käme.

Hierauf streckt das Mädchen die Hand durch den Türspalt – die Kette läßt sie aber eingehängt – und reicht mir einen kleinen Zettel, auf dem eine Adresse steht. Es ist einer von diesen Zetteln mit einem Klebstreifen auf der Rückseite, die Farbe von den Dingern ist alles andere als unauffällig. Der Schrift des Mädchens sieht man an, daß sie zu den Leuten gehört, die erst als Erwachsene schreiben gelernt haben, jeder Buchstabe ist sorgfältig aufgemalt. Aber ihr ist kein einziger Fehler unterlaufen, obwohl in der Adresse mehrere schwierig zu schreibende Wörter vorkommen.

2

An den Fenstern und Balkons der Häuser hängen immer noch viele argentinische Fahnen. Manche gehen über zwei Balkons, so groß sind sie – beide Nachbarn müssen es so gewollt haben. Die Spiele in Spanien und der Waffengang im Süden haben die Leute in ihrem Bedürfnis, sich auszudrücken, gleich doppelt bestärkt. Dazu kommt traditionellerweise noch der Todestag des Mannes, auf den die Fahne zurückgeht, also Manuel Belgrano. Allerdings war dieser Todestag schon vor zehn Tagen; trotzdem sind die Fahnen noch da. Manche Leute nutzen die Gelegenheit und lassen sie gleich bis zum argentinischen Unabhängigkeitstag am 9. Juli hängen. Andere wollen sie wahrscheinlich überhaupt nicht abnehmen, und wieder andere haben es einfach vergessen.

3

Nach Vicente López kann man durch die Avenida Cabildo fahren, die sich später in die Avenida Maipú verwandelt, oder durch die Avenida del Libertador, die auch jenseits der Stadtgrenze, in der Provinz Buenos Aires, ihren Namen behält und Avenida del Libertador heißt. Es kommt darauf an, ob der Ort, den man ansteuert, eher im oberen oder im unteren Teil der Straße liegt. Das Haus von Doktor Mesianos Schwager befindet sich eher im unteren Teil. Deshalb entscheide ich mich für die Avenida del Libertador. Unterwegs steigen so manche meiner liebsten Erinnerungen in mir auf, aus der Zeit, als der Doktor meine Hilfe brauchte, die ich ihm ohne Zögern zukommen ließ.

4

Auf dem Gehweg steht eine größere Gruppe von Nachbarn. Etwas Unangenehmes ist passiert: Eine eher kleine Argentinien-Fahne, die am Balkon eines der Gebäude des Wohnblocks wehte, ist vom Wind losgerissen worden und davongeflogen. Wahrscheinlich war sie schlecht befestigt, oder die Knoten der Schnur, mit der sie festgebunden war, hatten sich im Lauf der Zeit gelockert, und niemand hat sich die Mühe gemacht, sie wieder festzuzurren. Auf jeden Fall ist sie davongeflogen. Mehrere Personen haben sie durch die Luft rauschen sehen: Zu leicht, um sofort auf die Erde zu fallen, andererseits aber auch nicht leicht genug, um endlos weiterzufliegen. Irgendwann verlor sie dann an Höhe und blieb schließlich in den Ästen eines Baumes hängen. Jetzt versuchen sie die Fahne freizubekommen und runterzuholen, aber es gelingt nicht. Sie hat sich in den obersten Ästen verfangen. Manche kommen mit ziemlich langen Stangen aus ihren Wohnungen, aber die Stangen sind nicht lang genug. Bestenfalls können sie die Fahne damit berühren, zum Hinunterstoßen reicht es nicht. Ein Junge aus dem Viertel sagt, er könne hinaufklettern. Vielleicht nicht ganz bis zu dem Ast, an dem die Fahne hängt, der Ast ist zu dünn, wahrscheinlich würde er brechen. Aber bis irgendwo auf halbe Höhe. Von dort aus könnte er mit einer der langen Stangen, an denen man Staubwedel befestigt, wenn man in Altbauwohnungen die Decken säubern will, die Fahne anstupsen und runterziehen. Der Junge ist höchstens zehn Jahre alt, scheint aber fest entschlossen. Um so entschiedener verbietet ihm seine Mutter jegliche Kletterei. Das fehlt gerade noch, sagt sie, daß er runterfällt und sich etwas bricht, und sie müssen ihn dann ins Krankenhaus bringen. Der Junge findet, daß seine Mutter maßlos übertreibt. Sie fangen an zu streiten, und mitten im Streit kommt auf einmal ein Stein geflogen. Dann noch einer und noch einer. Der Steinewerfer ist ein anderer Junge, etwas älter als der, der auf den Baum klettern wollte. Er zielt nach oben, er ist überzeugt von seinen Wurfkünsten, ein Volltreffer, der die Fahne vom Ast holt, ist für ihn bloß eine Frage der Zeit. Die Mutter schimpft ihn aus. Ich stelle fest, daß dieselbe Frau zuvor schon mit dem Jungen, der auf den Baum klettern wollte, geschimpft hat: Die beiden sind Brüder. Der Junge sagt: »Bloß zwei Würfe, dann hab ich sie unten.« Die Mutter packt ihn am Arm. »Man schmeißt nicht mit Steinen auf die Fahne.« Der Junge sagt, anders geht es nicht, nur wenn sie es machen, wie er sagt, bekommen sie die Fahne von da oben runter. »Trotzdem«, sagt die Mutter. »Man schmeißt nicht mit Steinen auf die Fahne.«

5

Ich klingele.

Doktor Mesiano weiß, daß ich komme. Sein Hausmädchen hat meinen Besuch angekündigt.

Er kommt zur Tür. Allzuviel kann sich nicht verändert haben, dafür ist zu wenig Zeit vergangen: Er ist weder älter, noch hat er jetzt mehr graue Haare, er geht immer noch sehr aufrecht, und viele Haare verloren hat er auch nicht. Trotzdem finde ich es irgendwie komisch, daß er so unverändert ist.

Wir umarmen uns fest. Lange drücken wir uns aneinander.

Ohne loszulassen, sagt der Doktor: »Nicht weinen. Über Helden weint man nicht.«

Sechs

1

Doktor Mesianos Schwager – er heißt Alberto – macht sich am Grill zu schaffen. Er legt die Eingeweide und die Rippchen zurecht und erklärt, wie er es anstellt, ohne übermäßig Kohlen zu verbrauchen, rasch zu einer gleichmäßigen Glut zu gelangen. Doktor Mesianos Schwager wischt sich die Finger an einem feuchten Küchenlappen ab. Er raucht *Parisiennes*. Am Rand der nicht überall gleich hohen Gartenmauer liegt eine brennende Zigarette. Allmählich wird sie zu Asche, und diese Asche hat die gleiche Farbe wie die, die unter dem Fleisch zusammengeschoben wird.

2

Es ist Winter, deshalb ist der Rasen vergilbt. Vom Frühreif wird er hart und trocken. »Kein Problem, solange die Halme nicht ausfallen und man nicht die bloße Erde sieht, passiert nichts«, meint Doktor Mesiano. Wenn die Halme ausfallen, muß man neu aussäen. Aber wenn der Rasen bloß vertrocknet, muß man einfach bis zum Frühling warten, dann wächst sich alles von selbst wieder zurecht, ohne daß man etwas dafür tun muß.

3

Doktor Mesianos Schwester – sie heißt Ángela – richtet den Vermouth an. Sorgfältig, geradezu mit Feingefühl: Sie schneidet die Zitrone in perfekte Scheiben, versieht sie mit einem kleinen Einschnitt und setzt sie auf den Rand der Cinzano-Gläser. Dann holt sie eine Platte mit Käse, Schinkenwürfeln, Erdnüssen und Oliven. »Zum Glück ist es nicht kalt«, sagt sie, als sie zu mir kommt. »Ja«, sage ich, »zum Glück scheint die Sonne.«

4

Nahe der Mauer wächst ein Gummibaum. Er hat große dicke Blätter; ein paar sind abgefallen und haben zu seinen Füßen einen kleinen Haufen gebildet. Die längsten Äste ragen über die Gartenmauer hinaus. »Was sagt denn der Nachbar dazu?« fragt Doktor Mesiano. »Manchmal beschwert er sich«, sagt Doktor Mesianos Schwager.

5

Doktor Mesianos Schwester macht einen Extrateller zurecht. Sie legt von allem etwas darauf. Als der Teller voll ist, sieht sie mich an und sagt leise: »Für meine Schwägerin.« Sie zuckt mit den Schultern. Doktor Mesianos Frau – sie heißt Lidia – ist im Haus geblieben. Obwohl es jetzt, am Mittag, angenehm mild ist, fast warm, wie im Frühling. Sie wollte nicht in den Garten kommen, oder die anderen wollten nicht, daß sie rauskommt. Doktor Mesianos Schwester bringt ihr gleich etwas zu essen.

»Statt Fleisch lieber so was«, sagt sie leise, »Fleisch muß man ihr in kleine Stückchen schneiden.«

6

Im hinteren Teil des Gartens wäre Platz genug für ein Schwimmbecken. »Bloß ein kleines, vor allem, damit der Junge was zum Spielen hat«, schlägt Doktor Mesiano vor. Sein Schwager sagt, in dem Fall reicht es, einfach eins zum Aufblasen zu kaufen. »Ein richtiges Schwimmbekken«, erwidert Doktor Mesiano, »so teuer ist das gar nicht.«
Doktor Mesianos Schwager ist Handelsvertreter. Er muß viel reisen und verbringt viel Zeit außer Haus, aber es läuft gut.

7

Doktor Mesianos Schwester kommt zurück und hat Eis dabei. »Falls jemand möchte«, sagt sie und stellt die Glasschale mit den Eiswürfeln auf dem Tisch ab. Daneben legt sie die Greifzange aus Edelstahl.
Nach Doktor Mesianos Berechnung muß das Fleisch in spätestens fünfzehn Minuten soweit sein. Seine Schwester Ángela kommt zu mir und sagt leise: »Im Sommer scheint hier den ganzen Nachmittag die Sonne.« Sie zeigt auf eine Stelle und sagt dann: »Da drüben, siehst du, da sonne ich mich immer nackt.«

8

Das Gelände ist größtenteils leicht abschüssig. Was auch bedeutet, daß seine Fähigkeit, Flüssigkeit aufzunehmen, begrenzt ist. Wenn es einmal längere Zeit regnet, bilden sich Pfützen, es sei denn, das Wasser läuft, dank des Gefälles, abwärts, sammelt sich in einem kleinen Graben und verschwindet schließlich in einem vergitterten Abflußloch von beträchtlichen Ausmaßen. Wichtig ist es, dieses Gitter immer sauberzuhalten, die Blätter, die sich darauf ansammeln und den Abfluß verstopfen, sind regelmäßig zu entfernen.

9

»Was macht der Kleine?« fragt Alberto. Alberto ist Doktor Mesianos Schwager. Seine Frau antwortet: »Was soll er schon machen? Er sieht fern.« – »Sag ihm, er soll kommen«, sagt ihr Ehemann. Aber sie sitzt bereits mit einem Glas in der Hand auf einem der Stühle und hat keine Lust, sich noch einmal zu erheben und hineinzugehen. Sie bleibt also, wo sie ist, im Garten, und erhebt dafür die Stimme. »Antonio!« ruft sie. Sie wartet und ruft dann noch einmal; dieses Mal schreit sie fast: »Antonio!« Ein kleiner Junge mit braunen Haaren – er heißt Guillermo – erscheint auf der Terrasse und fragt, was los ist. »Was los ist? Wir essen gleich«, sagt Doktor Mesianos Schwester. »Mach den Fernseher aus und komm.« Der Junge sagt: »Aber die Tante ist da.« Die Frau sagt noch einmal: »Mach den Fernseher aus und komm.«
Doktor Mesiano sagt, der Statistik nach sitzen Kinder inzwischen nicht mehr vier, sondern durchschnittlich sechs

Stunden pro Tag vor dem Fernseher. »Bloß weil es jetzt überall Farbfernsehen gibt«, sage ich. »Genau«, sagt Doktor Mesiano. »So sieht es aus auf der Welt.«

Vier

1

Fragt man den Jungen, den die anderen Antonio nennen, wie alt er ist, knickt er mühsam den Daumen ab, hebt die Hand und zeigt stolz vier ausgestreckte Finger. Und Doktor Mesiano sagt: »Er hat gerade Geburtstag gehabt.«

2

Ich glaube, ich übertreibe nicht, wenn ich sage, daß Doktor Mesiano sich bestätigt fühlt und sich freut, als er hört, daß ich Medizin studiere. So kommt es mir wenigstens vor. Ich würde nicht sagen, daß er hellauf begeistert ist, das läßt sich seinem allezeit nüchternen Gesichtsausdruck jedenfalls nicht entnehmen, aber er freut sich, ganz bestimmt. Es zeigt, daß das Gefühl von gegenseitiger Nähe, das damals bestand, immer noch vorhanden ist, es war also keineswegs bloße Einbildung und es hatte auch nicht nur mit den Umständen zu tun.

3

Auch dieser Junge ist zu ungeduldig, um ruhig bei Tisch zu sitzen, seinen Teller leer zu essen oder dazusitzen und zu warten, bis alle fertig sind. Darin ist er genau wie alle Jungen in seinem Alter. Erwachsene findet er langweilig, schon bald will er aufstehen und spielen gehen. Er darf nicht, deshalb wird er böse.

4

Mehrere alte Mediziner, fast schon Berühmtheiten, waren vor ziemlich langer Zeit die Lehrer von Doktor Mesiano, und jetzt unterrichten sie mich. Kein Wunder, daß schon bald Vergleiche und Anekdoten das Gespräch bestimmen. Fast könnte man meinen, Doktor Mesiano und ich seien Studienkollegen, so ausgelassen witzelnd tauschen wir uns aus, dabei ist er ein Fachmann mit langjähriger Berufserfahrung, während ich gerade mal ein Student bin, dessen Unwissenheit seine Kenntnisse weit übersteigt. Es liegt sicherlich am familiären Rahmen dieser Begegnung und an der Freude darüber, uns nach so vielen Jahren wiederzusehen, daß wir einen derart kameradschaftlichen Ton anschlagen, der mir aber doch ein bißchen zu weit geht.

5

»Antonio«, sagen sie zu ihm, »halt dich ruhig.« Sie sagen »Antonio« zu ihm. Der Junge muß auf dem Stuhl knien, um auf Tischhöhe zu sein. Wenn er sich hinsetzt, ist er fast nicht zu sehen. Plötzlich macht er einen Satz (offensichtlich reichen seine Beine nicht bis zum Boden) und sitzt nicht mehr auf dem Stuhl. Doktor Mesianos Schwager herrscht ihn an und fragt, wohin er will. Der Junge sagt, er habe keinen Hunger mehr, er wolle spielen gehen. Widerstrebend läßt Doktor Mesianos Schwager ihm seinen Willen. Seine Frau sagt, er solle aufpassen, daß er nicht ins Schwitzen kommt. Der Junge rennt davon. »Du hast gehört, was deine Mutter gesagt hat«, ruft Doktor Mesianos Schwager ihm hinterher und deutet dabei auf seine Frau. Seine Frau, das ist Ángela. Ángela sieht mich an und zwinkert mir zu.

6

Der alte Ford Falcon geht noch. »Nicht kaputtzukriegen, die Karre«, sage ich. »Ja«, sagt Doktor Mesiano, »er läuft und läuft und läuft.« Keins von den neuen Autos hält soviel aus wie der Falcon. Keiner habe ihn danach aber auch so gut im Griff gehabt wie ich, sagt Doktor Mesiano. Wir erinnern uns, wie es am Anfang war, als ich immer erst nach dem Kupplungshebel suchen mußte. Trotz der Umstände erlauben wir es uns, ein Weilchen darüber zu lachen.

7

Der Junge spielt mit einem blau-weißen Ball. Er hebt ihn mit beiden Händen hoch und wirft ihn anschließend auf den Boden. Er hebt ihn wieder auf und wirft ihn wieder hin, immer wieder, unermüdlich. Doktor Mesianos Schwager will, daß der Junge mit den Füßen spielt, statt mit den Händen. »Mit den Füßen, Antonio. Mit den Händen spielen nur Mädchen.«

8

Wir trinken Kaffee, und es wird langsam kühl. Ich entschuldige mich und gehe auf die Toilette. Im Erdgeschoß ist eine Toilette, gleich hinter der Treppe, links von den Sesseln. Ich betrete also das Haus. Beim Reinkommen stoße ich auf Doktor Mesianos Frau. Sie sieht mich nicht. Sie sitzt im Rollstuhl, ihre Arme hängen zu den Seiten hinab, eine Hand hält ein zusammengeknülltes Taschentuch. Sie sieht auf den Bildschirm des ausgeschalteten Fernsehapparates, als wäre der Apparat gar nicht ausgeschaltet. Sie wiegt sich leise vor und zurück, so als betete sie. Ganz ganz leise sagt oder singt sie etwas vor sich hin. Was sie sagt, versteht man nicht. Für einen Augenblick habe ich Angst, sie könne sich umdrehen und mich ansehen. Ich habe Angst vor dem Blick, der mich möglicherweise erwartet. Aber sie dreht sich nicht um und sieht mich auch nicht an. Sie wiegt sich weiter vor und zurück und summt ihr unverständliches Lied.

9

Am Rand eines Blumenkastens hat jemand Ameisengift gestreut. Ein gelbes, scheinbar harmloses Pulver. Wenn der Ball abprallt und in die Nähe des Kastens rollt, greift Doktor Mesianos Schwester ein; der Junge soll sich fernhalten. Sie hebt den Ball hoch und überprüft, daß er nicht mit dem gelben Pulver in Berührung gekommen ist. Wenn sicher ist, daß er nicht damit in Berührung gekommen ist, gibt sie dem Jungen den Ball zurück und sagt, er soll schießen wie Kempes gegen die Holländer: Mit Wucht und aufs Tor!

10

Doktor Mesiano sagt, für ihn sei die Sache gelaufen. Sein Schwager sagt, man solle nichts überstürzen, auf keinen

Fall: Erst mal abwarten, wie es weitergeht. »Kann schon sein«, sagt Doktor Mesiano. Aber dann sagt er, seiner Meinung nach sei nichts mehr zu machen, besser freunde man sich mit dem Gedanken an, daß die Sache gelaufen ist.

Sechshundertdreißig

1

Im Radio ist von einem Wunder die Rede. Die Kommentatoren sind einstimmig der Meinung, Brasilien sei eindeutig der Titelaspirant bei dieser Weltmeisterschaft. Die Chancen, daß Argentinien sich im nächsten Spiel gegen diese Mannschaft durchsetzen kann, werden entsprechend als sehr niedrig, um nicht zu sagen gleich Null eingeschätzt.

2

Es ist fast vier Uhr nachmittags, als ich sage, daß ich jetzt gehe.

Die Wintersonne nähert sich dem Horizont, und die Zeit, um draußen zu sitzen, ist vorbei. Die anderen werden sich bestimmt schon bald aus dem Garten zurückziehen und zu einem intimeren Kreis zusammenfinden, zu dem ich nicht gehöre, das spüre ich.

Sie sagen mehrfach, ich solle doch dableiben. Ich fühle mich dadurch geschmeichelt. Aber ich sage, daß ich gehen muß: Ich sei um sechs mit einem Freund in einer Bar im Zentrum verabredet, und vorher müsse ich noch zu Hause vorbeifahren. Sie sagen, sie hoffen mich bald wiederzusehen, unter angenehmeren Umständen.

3

Im Radio sind jetzt die Erinnerungskünstler an der Reihe, sie verweisen darauf, daß wir zum drittenmal hintereinander Italien nicht haben besiegen können. Beim erstenmal, in Deutschland, ein Unentschieden, dann, in Argentinien, eine Niederlage, und jetzt eine Niederlage in Spanien. Es ist nicht zu begreifen, wieso Argentinien, das die besseren Spieler und die bessere Taktik hat, einfach nicht gewinnen kann.

4

Sie rufen nach dem Jungen: »Antonio.« Er soll kommen und mir auf Wiedersehen sagen. Offensichtlich hat der Junge weder zum einen noch zum anderen Lust. Er spielt mit seinem blau-weißen Ball und tut, als hörte er nicht. »Antonio«, sagen sie, »Antonio.« Der Junge will nicht. Er spielt weiter mit seinem blau-weißen Ball. Er hebt ihn auf, wirft ihn zu Boden und hebt ihn wieder auf, so als riefen sie nach jemand anderem.

5

Im Radio sprechen die Kommentatoren. Selbst wenn man verliert, verkünden sie, kommt es vor allem darauf an, seiner Spielweise treu zu bleiben, so wie sie sich historisch entwickelt hat. Das, worauf es ankommt, ist der Stil Argentiniens, auch wenn man dafür manchmal eine Niederlage in Kauf nehmen muß.

6

Doktor Mesiano bedankt sich für meinen Besuch. Er sagt, Schmerzen vergingen, was aber bleibe, sei der Stolz, und daß ich gekommen sei, habe ihm geholfen, diese Wahrheit zu erkennen. Er bittet mich, bis zu unserem nächsten Treffen nicht wieder soviel Zeit verstreichen zu lassen. Ich verspreche, ihn bald wieder zu besuchen. Ich umarme ihn. Ich sage, daß es auch mir Kraft gibt, wenn ich ihn sehe, im Leben habe man schließlich selten Gelegenheit, jemanden kennenzulernen, der ein klares Ziel vor Augen hat und weiß, was er will.

Doktor Mesiano sagt, es stünden schwere Zeiten bevor. Ich sage, er könne auf mich zählen, komme, was da wolle. Wir umarmen uns noch einmal. Als ich gehe, spüre ich die Umarmung noch an meinen Schultern.

7

Im Radio heißt es, Italien spiele schäbig und öde, Betonfußball, mit dem es bei der Weltmeisterschaft unmöglich weit kommen könne. Wir Argentinier sollten uns darüber im klaren sein, daß wir Besseres verdient hätten, diese neuerliche Enttäuschung sei nur durch das unerwartete Zusammentreffen diverser negativer Faktoren zu erklären.

8

Doktor Mesianos Schwester übernimmt es, mich zur Tür zu begleiten. Sie erzählt, daß ihr Mann viel auf Reisen ist. Und sie erzählt auch, der Junge sei zwar immer noch ein bißchen aufsässig, aber seit er nachmittags in den

Kindergarten gehe, habe sich sein Betragen von Tag zu Tag gebessert.

Am Hauseingang sagt sie zu mir: »Komm vorbei, wann immer du Lust hast.«

9

Ich steige ein und mache das Radio an. Keine Ahnung, warum ein Sender mit klassischer Musik eingestellt ist. Ich drehe am Programmwählknopf und suche Radio Rivadavia. Wahrscheinlich reden sie darüber, was gestern passiert ist, und so ist es auch: Gerade berichtet ein Reporter aus Spanien. Er sagt, die Stimmung unter den argentinischen Fans zeige, daß man sich Sorgen macht, aber die Hoffnung aufgeben komme nicht in Frage. Niemand wolle sich vorab geschlagen geben, sagt er, da seien sich alle einig. Die Botschaft, die er den Argentiniern aus der Ferne übermitteln wolle, laute, daß wir jetzt einiger denn je sein sollten.

10

Es stimmt nicht, ich bin mit keinem Freund in einer Bar im Zentrum verabredet. Ich kehre nach Hause zurück und bleibe dort, allein, ich gehe nicht mehr aus. Ich denke nach, erinnere mich an alles mögliche; ich habe nicht einmal Lust, den Fernseher anzumachen.

Am Abend esse ich nur eine Kleinigkeit, Reste vom Vortag, die ich bloß aufzuwärmen brauche. Dann lege ich mich hin.

Ich kann lange nicht einschlafen. Als es mir endlich gelingt, träume ich von der Hure mit der zuckenden Lippe. An ihr Gesicht erinnere ich mich natürlich nicht mehr. Ich träume von einer Frau mit verschwommenen Gesichtszügen, alles an ihr ist unbestimmt. Aber im Traum weiß ich trotzdem, daß sie es ist, die Gesichtszüge sind verschwommen, aber da ist dieses Zucken. Genau wie in der Wirklichkeit ist es im Traum vier Jahre her. Dennoch erinnert sie sich an mich. Sie erinnert sich gut, und das sagt sie mir auch. Sie wirft sich nackt auf ein riesiges Bett, und noch bevor ich auf ihr liege, stöhnt sie keuchend: »Bring mich um, kleiner Soldat, bring mich um.« In letzter Zeit kann ich mich nie daran erinnern, was ich geträumt habe. Beim Aufwachen ist alles weg. Aber an diesen Traum erinnere ich mich. Wenn ich wach bin, gehe ich ihn sogar manchmal Szene für Szene durch. Und manchmal habe ich das Gefühl, daß ich ihn wieder träumen werde, daß die Nacht kommt und sie auf mich wartet, wie eine wirkliche Frau, mit der ich mich ab und zu treffe.

Anmerkungen

S. 12 Endziffer – Loszahl – Heer

In Argentinien wurde die Wehrpflicht lange Zeit in Form einer Lotterie organisiert: Den drei Endziffern der Nummern der Personalausweise der Mitglieder eines einzuberufenden Jahrgangs wurden per Auslosung Zahlen zwischen 1 und 999 zugeordnet. Wer eine Zahl unter einhundert erhielt, war automatisch vom Wehrdienst befreit. Die übrigen zugelosten Zahlen entschieden auch darüber, ob der Militärdienst bei Einheiten des Heeres, der Luftwaffe oder der Marine abzuleisten war. Die Ergebnisse der alljährlichen »Militärlotterie« wurden im Rahmen einer stundenlangen Radioübertragung bekanntgegeben.

S. 54 WM-Organisationskomitee

Das argentinische WM-Organisationskomitee *Ente Autárquico Mundial 78* war 1976 von der neuen Militärregierung ins Leben gerufen worden. Der erste Präsident des Komitees, General Omar Actis, wurde noch im selben Jahr ermordet. Actis' Nachfolger, General Antonio Merlo, bestellte einen neuen Geschäftsführer ein, Carlos Alberto Lacoste (siehe auch S. 46), auch er ein hochrangiger Militär. Der genaue Verbleib eines Großteils des von Lacoste verwalteten Etats in Höhe von 517 Millionen US-Dollar (die Organisatoren der Fußballweltmeisterschaft von 1982 in Spanien verfügten nicht einmal über ein Viertel dieser Summe) blieb im Dunkeln – es wurde nie eine Endabrechnung vorgelegt.

S. 75 René Houseman

Der argentinische Fußballspieler René Houseman war in dieser Siedlung aufgewachsen. Sie wurde bereits während der Regierungszeit Peróns mit einer Mauer umgeben; später fiel sie der rücksichtslosen Sozial- sprich: Abrißpolitik der Militärdiktatur zum Opfer.

S. 136 Escuela

Die *Escuela de Mecánica de la Armada* (bekannt unter der Abkürzung ESMA) in Buenos Aires erlangte traurige Berühmtheit als eines der wichtigsten geheimen Folterzentren der Militärdiktatur. Erst der argentinische Präsident Nestor Kirchner verfügte im Jahr 2004 eine Umwandlung des weiterhin vom Militär genutzten Gebäudes in eine nationale Gedenkstätte für die Opfer der Diktatur.

S. 139 Feldwebel Cabral

Eine legendäre Gestalt aus dem argentinischen Unabhängigkeitskrieg. Der einfache Soldat Juan Bautista Cabral warf sich 1813 in einer Schlacht schützend vor den Nationalhelden General José de San Martín. Cabral erlag später den schweren Verwundungen, die er sich dabei zugezogen hatte. Seine letzten Worte auf dem Totenbett lauteten angeblich: »Herr General, ich sterbe zufrieden, denn wir haben den Feind besiegt.« Postum wurde Cabral in den Rang eines Feldwebels erhoben.

Inhalt

10. 6.

Vierhundertsiebenundneunzig 11

Einhundertachtundzwanzig 24

Einhundertachtzehn 32

1978 42

Achtzigtausend 52

Fünfundzwanzig Millionen 61

Eins zu null 70

Zweihundertzwei 80

Fünf 91

Ohne Nummer 104

Zwei Komma drei 115

Achtundvierzig 124

Dreihundertachtundneunzig 134

30. 6. (Epilog)

Eins zu zwei 149

Einhundertdreiunddreißig 154

1982 160

Sechs 165

Vier 170

Sechshundertdreißig 175

Anmerkungen 181